Guy de Maupassant

Les Sœurs Rondoli

Édition présentée, établie et annotée
par Marie-Claire Bancquart

Professeur émérite à la Sorbonne

Gallimard

PRÉFACE

Quand, en juillet 1884, Maupassant fait paraître chez Ollendorff son recueil Les Sœurs Rondoli, *il a déjà, au cours de l'année, publié les chroniques* Au soleil *et le recueil de récits* Miss Harriet. *Il va publier en novembre le recueil* Yvette. *Au cours de l'année encore, il a terminé le roman* Bel-Ami, *qui paraîtra en feuilleton en 1885. Le présent recueil se situe donc au plein moment d'une production extraordinairement abondante et variée de l'écrivain. Cette abondance ira diminuant à partir de 1890. Malgré des troubles de santé de plus en plus caractérisés, des déplacements et voyages, et de nombreuses rencontres féminines, Maupassant, de 1881 à 1889, est en proie à une fièvre d'écrire dans laquelle on peut certes reconnaître l'appât du gain, mais qui révèle aussi une insatisfaction sans cesse à combler, une course contre les menaces d'usure physique et intellectuelle dont il est très conscient.*

Il réunit dans Les Sœurs Rondoli *des récits qui ont paru dans les journaux entre juillet 1882 (« Le Verrou ») et mai-juin 1884 (« Les Sœurs Rondoli »). Au premier abord, on pourrait en les lisant être frappé par une impression de disparate. À côté de récits évoquant l'étrange ou la mort («Lui?», «Suicides»), on trouve des contes normands du genre cruel («Le Petit Fût») ou comique («Le Cas de Mme Luneau», «Le Pain maudit»); des récits égrillards comme «Les Sœurs Rondoli», «La Patronne», «Un sage», «Le Verrou»; des observations narquoises de la société, comme «Mon oncle Sosthène», «Le Mal d'André», «Le Parapluie», «Rencontre», «Décoré!»; une aventure exotique, «Châli».*

L'impression de disparate tient aussi à la longueur diverse des récits et à leur présentation. Avec «Les Sœurs Rondoli», on lit un récit qui se développe dans l'espace (un voyage; la ville de Gênes), dans le temps (d'une année à l'autre), en trois parties: forme longue qui plusieurs fois tenta Maupassant, par exemple dans «Yvette[1]*». L'aventure évoquée dans «Châli» est présentée, elle aussi, sous une forme assez étendue, car il est nécessaire de faire entrer le lecteur dans les coutumes d'une principauté située au cœur de l'Inde. Si tous les autres récits sont plus brefs, leurs présentations sont très diverses: une lettre dans «Lui?» et «Suicides»; ailleurs, des récits placés dans la bouche d'un narrateur («La Patronne»), ou narrés par l'écrivain («Le Petit Fût»); et même témoignage d'un Maupassant tenté par la scène — un découpage théâtral du récit appartenant au genre des «tribunaux rustiques», «Le Cas de Mme Luneau».*

Cependant, on remarque d'emblée l'appartenance

1. «Yvette» a paru dans *Le Figaro* en feuilleton, du 29 août au 9 septembre 1884. Le récit fait partie du recueil *Yvette*, paru chez Havard en novembre 1884. Édition Folio classique, p. 41-146.

de tous les textes réunis ici, quelle que soit leur longueur, au genre du récit court, terme anglais que nous préférons à celui de «nouvelle» ou de «conte», pour exprimer la liberté de textes qui sont tantôt des chroniques, tantôt des exposés de cas sociaux ou psychologiques notables. De toute façon, ils sont caractérisés par une brièveté qui ne tient jamais de l'esquisse: «Les Sœurs Rondoli» ou «Châli» ne sauraient d'aucune manière être considérés comme des romans en puissance. Dans «Les Sœurs Rondoli», si les considérations psychologiques du narrateur sur les voyages et les femmes occupent toute la première partie, l'aventure avec Francesca, explicable par ce caractère, est rapidement contée: c'est l'état d'esprit du narrateur qui compte. Un roman mêlerait les donnes, assignerait des proportions plus amples à l'aventure. Dans «Châli», la description des us et coutumes exotiques ne tient que quelques paragraphes. Elle deviendrait bavardage si elle était plus étendue, car elle ne vise qu'à introduire la triste fin de Châli.

On s'aperçoit en somme que Maupassant, même dans les récits longs, est allé au plus sobre, ne retenant que des traits significatifs: ainsi pour exprimer la répétition et la satiété des promenades à travers Gênes dans «Les Sœurs Rondoli», des chasses et combats cruels dans «Châli». Pas de pittoresque gratuit; peu de paroles échangées. La fascination de Pierre Jouvenet pour Francesca Rondoli, ou la cruauté du dénouement de la liaison dans «Châli» demeurent des traits dominants du récit. Le trait dominant, lavé de tout ce qui l'encombre, c'est bien ce que recherche Maupassant. Âpreté de maître Chicot dans «Le Petit Fût», avarice de l'héroïne du «Parapluie», comme de Mme Luneau, obsession du héros de «Lui?». Observation, dans toutes les classes, du contraste entre la morale sociale officielle et les actes et situations suscités par la sexualité: la sévère Patronne devient la maîtresse de son pensionnaire; Anna, femme entretenue, s'attire l'estime de son père et de sa sœur dans «Le Pain maudit»; le mari épuisé d'«Un sage» se fait remplacer par un amant vigoureux; celui de «Rencontre» va peut-être se faire attribuer la paternité d'un enfant adultérin, celui de «Décoré» se voit attribuer la Légion d'honneur pour avoir été un mari bête et complaisant...

Mis à part «Le Mal d'André», ou l'amant agresse physiquement le bébé de sa maîtresse, et «Châli», qui se termine par la mort de la petite courtisane jetée au lac dans un sac (encore cette cruauté est-elle si exotique qu'elle peut n'inspirer qu'une pitié lointaine), ces récits, pour les plus nombreux du recueil, paraissent légers, voire fort lestes, comme l'épisode du «Verrou». Ce n'est pas le lecteur des «Sœurs Rondoli», s'il se contente d'en parcourir rapidement les épisodes, qui en jugera autrement: la passade avec Francesca, remplaçable à volonté par une de ses sœurs, n'a pas l'air d'une histoire à prendre au sérieux. Le nom des héroïnes semble confirmer cette impression. Elles sont bonnes à faire «la ronde au lit». Maupassant emploie souvent de ces noms qui sont un programme: Monsieur Parent, dans le récit qui porte son nom[1]*, a la vocation de la paternité; un*

1. «Monsieur Parent», publié sans préédition en journal, semble-t-il, dans *Monsieur Parent*, Ollendorff, 1886. Voir éd. Folio classique, p. 21-71.

fils naturel s'est fait affubler de l'appellation de «Duchoux[1]*»; dans le roman* Notre cœur, *Michèle «de Burne» a des caractéristiques masculines, et s'amuse de son amant «Mariolle». Et le titre «Les Sœurs Rondoli» nous évoque en outre une sorte d'entreprise commerciale, comme ailleurs le titre «Hautot père et fils*[2]*», et dans le même esprit: le fils Hautot prend la place de son père mort auprès de la maîtresse de celui-ci.*

On peut gloser, à propos de tous ces récits, sur le mépris dans lequel Maupassant, grand amateur de filles, tenait la femme. Soumise à son instinct, indifférente aux valeurs morales et sentimentales, toute dans son sexe, tant qu'elle est jeune, et dans son égoïste rapacité quand elle a passé l'âge des amours (ainsi Mme Oreille du «Parapluie»), la femme pour Maupassant est bien ce sexe inférieur décrit par Schopenhauer, philosophe dont l'écrivain se réclame. On trouve dans Les Sœurs Rondoli *des références à d'autres œuvres misogynes: des vers de Louis Bouilhet dans «Les Sœurs Rondoli», de Vigny dans «Le Verrou». Il semble que Maupassant se livre à un inventaire des mésententes et des tromperies que suscite la vie avec un être aussi bas: ruses de l'adultère et des liaisons (l'allumeuse du «Verrou» persuade le jeune homme qu'il l'a perfidement séduite), mesquineries de l'existence à deux dans «Le Parapluie», inconstance de*

1. «Duchoux», publié dans *Le Gaulois* du 14 novembre 1887, recueilli dans *La Main gauche*, Ollendorff, 1889. Éd. Folio classique, p. 138-147.
2. «Hautot père et fils», publié dans *L'Écho de Paris* du 5 janvier 1889, recueilli dans *La Main gauche*. Éd. Folio classique, p. 65-81.

Francesca. L'écrivain est bien celui qui écrivait à Gisèle d'Estoc : « Je suis le plus désillusionnant et le plus désillusionné des hommes, le moins sentimental et le moins poétique /…/ J'admire éperdument Schopenhauer, et sa théorie de l'amour me semble la seule acceptable. La nature, qui veut des êtres, a mis l'appât du sentiment au bout du piège de la reproduction[1]*. »*

Pourtant, Maupassant est beaucoup plus complexe qu'il n'apparaît à cette première et superficielle lecture. Il suffit pour s'en persuader de s'interroger sur le caractère du héros des « Sœurs Rondoli », analysé longuement par lui-même après une présentation orale fictive du récit (« Non, dit Pierre Jouvenet /…/ Vous ne comprenez pas ? — Je m'explique »). Aucun interlocuteur pourtant dans ce récit, le narrateur s'adressant donc directement au lecteur pour lui faire comprendre qu'il ne s'agit pas, dans cette aventure italienne, de dépeindre l'Italie, comme bien des écrivains voyageurs l'ont fait. Lui, il s'est « trouvé arrêté à la frontière » : il ne va pas nous parler musées et chefs-d'œuvre. Et de fait, la visite de Gênes qu'il accomplira en compagnie de Francesca et de son ami Paul, excédé de se trouver là en tiers, n'entraînera ni découverte ni frisson. C'est la tournée de ce qu'il « faut voir » dans le pays, une énumération qui pourrait être celle d'un guide. Autre chose compte, à quoi nous introduit la première partie du récit.

Voilà un homme qui déteste les voyages, parce qu'ils éveillent en lui un affreux sentiment de solitude, ce sentiment étant la conséquence d'une

1. *Correspondance*, II, p. 5. Voir la Bibliographie.

misanthropie nourrie par les inévitables rencontres d'autres voyageurs : voyageurs passés, qui rendent suspect le lit d'hôtel ; voyageurs présents, qui rendent odieuse la table d'hôte. Nous savons par des témoignages directs de Maupassant[1], *par exemple dans ses lettres et dans* Sur l'eau, *que ces dispositions sont les siennes. Pierre Jouvenet est un homme qui a peur dans la solitude, et en ce sens il est bien proche du héros de « Lui ? ». Une peur existentielle : « C'est en allant loin qu'on comprend bien comme tout est proche et court et vide. » Mais sa peur n'est pas encore une obsession hallucinatoire comme dans « Lui ? ». Il la ressent modérément dans la vie courante à Paris ; il y remédie, en voyage, en s'assurant la présence d'un compagnon, ce Paul qui juge l'existence « poétisée » par les femmes dont il est grand amateur, alors que lui, Pierre, ressent pour elles le mépris que ressent Maupassant.*

Pierre et Paul ; Pierre contre la bête idéalisation qui attire Paul vers la femme. Et cependant, c'est bien Pierre Jouvenet qui sera choisi par cette Francesca rencontrée au hasard, et qui n'a pour elle que son joli visage. Elle déplaît à Pierre par sa vulgarité, son laconisme bougon et la voracité qui lui fait engloutir dans le désordre tous les aliments qui lui sont offerts par les deux voyageurs. Elle restera telle. Il se révélera même bientôt qu'elle ne prend pas soin d'elle. Sale, mais aspergée de parfum, muette et sans aucune réaction, Pierre la prendra

1. Par exemple, en janvier 1881, il écrit à sa mère : « J'ai froid plus encore de la solitude de la vie que de la solitude de la maison. Je sens cet immense égarement de tous les êtres, le poids du vide », *Correspondance*, II, p. 293.

pendant la nuit, dans un entracte de son sommeil; et voilà qu'il s'attache à elle au point de ne pas la quitter à Gênes pendant dix-huit jours, au terme desquels c'est elle qui le lâche.

Énigme? Mais il est assez lucide pour identifier ce qui l'unit à Francesca: le «lien mystérieux de l'amour bestial». Cette femme est en effet aussi proche que possible de l'animal. Presque muette, elle est presque anonyme: Pierre n'a appris son nom de famille que parce qu'il est écrit sur sa malle, et par une autre main que la sienne. Elle est un très bel animal. Nue et endormie, elle est semblable à «la grande femme du Titien» dont on peut détailler les «courbes» et les «molles saillies». Tel est, si l'on peut le nommer ainsi, l'idéal de Pierre: un corps sans âme ni esprit, à disposition entière de son propre corps. Est-il nécessaire de dire qu'il s'agit d'une femme impossible, rêvée à contre-rêve sentimental, mais rêvée? Francesca, si elle était réelle, aurait assurément des préférences, des caprices, des paroles pour les exprimer.

Francesca est en fait un pur élément de la nature. Elle n'est jamais mieux parée que par le «bijou vivant» de la luciole qui se pose sur ses cheveux noirs, lorsqu'elle est pour la première fois présentée endormie, dans le wagon qui va vers Gênes. Cette «mouche ardente», cette «mouche fantastique» est, à l'inverse de la mouche à viande à laquelle Zola compara Nana[1]*, une image positive. Elle s'identifie aux étoiles; elle vole dans le fort parfum des orangers; elle unit le ciel et la*

1. *Nana*, Charpentier, 1880, chapitre VII. Éd. Folio classique, p. 224.

terre. Dans le personnage de Francesca, Maupassant a incarné celle qui, permettant « l'amour bestial », procurerait parfaitement la plénitude dont il est capable, lui, et qu'il définit dans Sur l'eau[1] *en employant des termes remarquablement identiques à ceux des « Sœurs Rondoli ». Il ne l'atteint jamais, dit-il, par son « esprit inquiet, tourmenté », mais par son « corps de bête ». « J'aime d'un amour bestial et profond, méprisable et sacré, tout ce qui vit, tout ce qui pousse, tout ce qu'on voit, car tout cela, laissant calme mon esprit, trouble mes yeux et mon cœur, tout : les jours, les nuits, les fleuves, les mers, les tempêtes, les bois, les aurores, le regard et la chair des femmes. »*

Quand il repart pour Gênes, l'année qui suit son aventure, le héros des « Sœurs Rondoli » sent « une tristesse lourde, navrante », une impression de « délaissement », qui sont effectivement exprimées par des traits purement physiques : obsession de la vue, de l'odorat, de la chair. S'il fallait une preuve supplémentaire de l'assimilation de Francesca avec un élément de la nature, on la trouverait dans la description de sa mère, que va alors trouver le héros pour s'enquérir de son ancienne maîtresse : « Une grosse femme vint ouvrir, qui avait dû être fort belle, et qui n'était plus que fort sale. Trop grasse, elle gardait cependant une majesté de lignes remarquable /…/ Elle avait au cou un énorme collier doré, et, aux deux poignets, de superbes bracelets en filigrane de Gênes. » Mère maquerelle ? Voilà bien plutôt une espèce de déesse-mère bar-

1. *Sur l'eau*, Marpon et Flammarion, 1888. Éd. Folio classique, p. 78-79.

bare, parée et sordide à la fois, qui offre ses filles comme des produits bons à consommer, avec une sorte de candeur. Elle préside à une circulation de bienfaits charnels et terrestres : corps de ses filles, bijoux, argent. Pierre Jouvenet profite de ce circuit : il revit avec Carlotta la liaison avec sa sœur aînée Francesca, faisant jusqu'aux mêmes promenades aux alentours de Gênes.

On peut considérer ce récit des « Sœurs Rondoli » comme une sorte de modèle achevé, par rapport à plusieurs autres récits antérieurs qui annoncent tel ou tel de ses traits, et qui ont été placés à sa suite dans le recueil. Ainsi, « La Patronne » met en scène une femme qui pourrait être la mère de son pensionnaire, mais qui cette fois, grasse il est vrai mais encore ferme, moins délabrée que la mère de Francesca, s'offre elle-même à la consommation. Quand on y songe, il est bien peu vraisemblable que cette sévère Patronne se soit présentée dans la chambre de son pensionnaire en camisole et en jupon, aussi dévêtue que la fillette dont le jeune homme avait déjà ôté la robe, et qu'elle ait ensuite fait entrer dans sa propre chambre son pensionnaire pour le sermonner. Mais il fallait montrer le lit creusé par son corps, ce lit accueillant dans lequel il devait faire « plus chaud que dans un autre lit » : tout le contraire du lit de solitude offert par les hôtels, dont il est question dans « Les Sœurs Rondoli » avant la rencontre avec Francesca. Mère procureuse ou mère amante, le désir de refuge de Maupassant s'exhibe dans ces récits.

« Châli » développe en revanche sous une forme tragique un autre trait des « Sœurs Rondoli » :

l'image d'une femme-animal, toute d'instinct. Offerte non par une mère, mais par un tyran, fruit trop vert auquel le lieutenant de vaisseau occidental ne touche qu'avec des hésitations et des remords, Châli finit mal. Au temps du bonheur de leurs amours, le héros la présente comme ayant « une petite tête de sphinx », « peut-être ne pensant à rien », se distinguant seulement de ses compagnes, « bande de jeunes chats », par un début de maturité qui la rend hiératique. Ses yeux sont « pleins du secret de cette terre antique et fabuleuse » qu'est l'Inde centrale ; son amant croit posséder en elle une émanation des races primitives. Non pas déesse-mère, mais déesse-enfant, Châli n'offre pas un refuge, mais suscite un sentiment de passion mêlée de honte à qui profite d'elle. Elle n'a pas de refuge elle-même contre l'arbitraire du tyran qui la condamne à mort.

Cet amour de don Juan (« Je crois maintenant que je n'ai jamais aimé d'autre femme que Châli », déclare son amant devenu vieux) est celui d'un don Juan à l'amour « lamentable », selon l'expression du héros de « Miss Harriet », qui parut en volume au même moment que « Châli » en journal[1]*. Il faut imaginer que c'est « avec sa voix de vieille femme » que l'amiral, désormais dépossédé en quelque sorte de son sexe par l'âge, raconte son histoire, et déclare avoir été attaché à Châli à la fois comme un amant et comme un père. Sans doute Maupassant, comme l'indique le début du récit dans* Le

1. L'achevé d'imprimer de *Miss Harriet*, qui parut chez Havard, est du 22 avril 1884 ; « Châli » paraît dans *Gil Blas* le 15 avril de la même année.

Nouveau Décaméron[1], *a-t-il voulu se démarquer des romans exotiques à la mode (ceux de Loti par exemple), où le héros, après avoir connu des aventures féminines pittoresques, n'éprouve que de très légères douleurs lors de la séparation, et continue à porter beau. Mais ce récit est également une sorte d'envers des «Sœurs Rondoli», dans la mesure où la figure de la mère en est absente, et où la fillette est chargée d'un symbolisme trop lourd, qui ne conviendrait qu'à une femme. D'autant plus que la civilisation dans laquelle elle vit n'est pas celle, habituelle pour nous et tempérée, des «Sœurs Rondoli», mais celle qui suscite «fantastique», «invraisemblable», «fabuleux», adjectifs entassés par l'écrivain au début du récit.*

Cela nous amène à considérer la manière dont Maupassant conçoit ses recueils. Comme l'a montré Pierre Brunel[2]*, il ne rassemble pas sans ordre, au hasard de leur publication en journal, des récits qu'il juxtaposerait au petit bonheur. «Les Sœurs Rondoli» et «Châli», deux longs récits qui sont en rapport intime, mais aussi en variation considérable l'un par rapport à l'autre, constituent l'ouverture et la fin des* Sœurs Rondoli. *À l'intérieur du recueil, se succèdent des récits plus courts, boutures de la même obsession de Maupassant, qui n'ont pas pris la même ampleur. Ainsi, pour ce qui concerne les femmes, «La Patronne», et d'autre part nombre de récits qui montrent, à l'inverse de la femme-nature et de la femme-mère, toutes les*

1. Voir la note sur l'édition de «Châli», p. 28.
2. Édition citée de *Miss Harriet*, p. XLVI-LIV.

surprises, les rosseries et les ruses que la civilisation inspire à des êtres faits selon Maupassant pour vivre uniquement à l'écoute de leur corps. Ces histoires peuvent être drôles, par exemple celle du «Verrou», *qui met en exergue les amants nus éclairés en plein, et bien malgré eux, par un soleil éclatant — éclatant comme le bruit de la plaque de tôle lâchée par l'ouvrier venu réparer la cheminée qui fume! Ou bien* «Le Cas de Mme Luneau», *récit de* «tribunal rustique»: *n'est-il pas celui d'une femme qui veut à tout prix un enfant pour des raisons d'héritage, c'est-à-dire celui d'une maternité indigne suscitée par les lois, cas traité par ailleurs beaucoup plus sérieusement par l'écrivain*[1]*?*

D'autres récits, qui ne concernent pas l'amour, apparaissent également comme des cas particuliers isolant les obsessions exprimées par le récit-titre. Dès 1880, un premier crayon de celui qui devait être intitulé «Suicides» *en 1883 montre que Maupassant était tourmenté de souffrance devant la monotonie de l'existence, au point que cette grisaille lui paraissait un motif suffisant pour se donner la mort. Son* «suicidé sans raison» *est le plus lucide des hommes: il a, depuis des années, senti*

1. Dans les récits «Un million», paru dans *Gil Blas* le 2 novembre 1882 et recueilli dans *Miss Harriet* après la mort de Maupassant (*Contes et nouvelles*, Bibliothèque de la Pléiade, I, p. 614-619) et «L'Héritage», paru dans *La Vie militaire* du 15 mars au 26 avril 1884 et recueilli dans *Miss Harriet*. Éd. Folio classique, p. 53-150. On voit dans «Le Cas de Mme Luneau», paru en août 1883, un exemple de l'art de la variation de Maupassant. Les deux autres récits marquent fortement le caractère odieux d'époux bourgeois qui, le mari étant défaillant, font faire par un amant l'enfant nécessaire pour recueillir l'héritage.

l'illusion que représentent les joies et les sentiments, y compris les « poétiques tendresses » de l'amour. Son emploi du temps répété lui semble insipide. Son intérieur le lasse infiniment, que ce soit son appartement ou sa propre cervelle, qui tourne autour des mêmes idées. Quant aux voyages, « l'isolement qu'on éprouve en des lieux inconnus m'a fait peur », écrit-il.

C'est l'opinion même de Pierre Jouvenet sur le point de partir pour l'Italie, dans « Les Sœurs Rondoli ». Mais l'homme de « Suicides » n'a pas eu, n'aura pas la chance de trouver un « amour bestial ». Sans être encore vieux, il vieillit. Il digère mal, ce qui explique sa détresse : explication organique qui prouve assez l'importance du corps chez Maupassant. C'est lui, le corps, qui est à l'origine du raptus suicidaire. D'anciennes lettres relues, lettres d'amour, lettres de famille ; des souvenirs lancinants de la mère morte (l'absence de la mère est encore une fois l'image du dessaisissement suprême) : un bilan négatif de toute une existence. Et voilà le revolver prêt. Maupassant a tout juste trente ans quand il écrit la première version de ce récit. Mais déjà, il est en proie à l'usure de la maladie ; il sait déjà ce qu'est un triste bilan d'existence, pour avoir vu à Croisset Flaubert brûler longuement, douloureusement, sa correspondance. Douze ans plus tard, il tentera lui-même de se suicider. On ne peut qu'être frappé par la précocité d'un ennui de vivre qui alterne encore pour Maupassant, en 1880, avec la recherche de folles jouissances, mais qui est bien le fond du tempérament de l'écrivain.

Une préparation psychologique par un sentiment

aigu de solitude, puis un raptus, c'est également ainsi que se présente l'aventure du narrateur de « Lui » ? Mais il survit à son hallucination. La forme que prend celle-ci a bien été la conséquence de sa longue errance dans Paris à la recherche d'un ami, ou du moins d'un interlocuteur. Car en trouvant un homme assis dans son fauteuil, il a cru précisément qu'un ami avait été introduit chez lui par le concierge. Quand il étend la main et touche le vide, c'est toute une logique qui s'écroule. Encore analyse-t-il l'événement comme produit non par son esprit, qui est intact, mais par « un accident nerveux de l'appareil optique ». Un médecin ne ferait pas mieux.

Seulement, il reste l'infini d'obsession dont le corps est capable au mépris de l'intelligence. On ne maîtrise pas le rêve qui présente de nouveau l'hallucination. On ne vient pas à bout de la peur qui s'installe à jamais dans la chambre, cet intérieur justement fait pour être une rassurante coquille. On n'oublie pas la netteté de vision d'un autre corps, peut-être imaginé, mais aussi tellement incontestable : « Une main pendait du côté droit, sa tête était penchée du côté gauche comme celle d'un homme qui dort... Allons, assez, nom de Dieu ! je n'y veux plus songer ! » Mais il y songe. L'apparition a beau être objectivement fausse, elle est là. « Il » est là. « Qui, Il ? »

Nous voici tout près du « Lui », de « l'Être » qui trois ans plus tard va recevoir le nom de « Horla ». Tout près par le style aussi : phrases pressantes, interrogatives, exclamatives, coupées de points de suspension. Affolement, perte des repères : une métamorphose par rapport au poème des débuts de Maupassant, « Terreur », qui, par son titre et son écriture, est encore redevable d'une certaine extériorisation du fantastique romantique: «Il me sembla sentir derrière moi / Quelqu'un qui se tenait debout, dont la figure / Riait d'un rire atroce, immobile et nerveux[1]*.»*

C'est donc un récit très maîtrisé de la peur que nous présente «Lui?». Née après l'hallucination passagère due à la souffrance d'un solitaire, elle est devenue un état constant de l'être. On peut douter de l'efficacité du remède que le narrateur, un amateur de femmes, croit avoir trouvé en décidant de se marier: le reste de l'œuvre de Maupassant nous montre les mariages de ce type comme des redoublements de solitude. Mais le choix même du remède montre bien le déséquilibre profond qui est celui du héros, incapable de se décider entre fiction et réalité du «Il». Le point d'interrogation du titre le marque. D'autres titres de récits en sont également affectés: «Fou?[2]*», «Un fou?*[3]*», «Qui sait?*[4]*».*

L'inquiétante étrangeté ne peut recevoir d'explication, en effet. On sait tout au plus déterminer des circonstances physiques dans lesquelles elle se produit. Mauvaise digestion dans «Suicides», petite fièvre dans «Lui?». Circonstances climatiques semblables: «Le brouillard était affreux, ce soir. Il enveloppait le boulevard où les becs de gaz obscurcis

1. *Des vers*, p. 245 (voir notre bibliographie, p. 224).
2. «Fou?», *Gil Blas*, 23 août 1882, recueilli dans la seconde édition de 1883 de *Mademoiselle Fifi*, Havard. Éd. Folio classique, p. 99-106.
3. «Un fou?», *Le Figaro*, 1er septembre 1884, repris après la mort de Maupassant dans *Le Horla*. (Bibliothèque de la Pléiade, II, p. 308-313.)
4. «Qui sait?», *L'Écho de Paris*, 6 avril 1890, recueilli dans *L'Inutile Beauté*, Havard, 1890. Éd. Folio classique, p. 178-195.

semblaient des chandelles fumeuses», lit-on dans «Suicides»; et dans «Lui?»: «C'était en automne, par un soir humide /.../. Il faisait triste partout. Les trottoirs trempés luisaient. Une tiédeur d'eau /.../ accablait la rue, semblait lasser et obscurcir la flamme du gaz.» Cette liquidité lugubre qui pénètre l'âme et dissout l'énergie est aussi celle qui règne sur la ville dans «Garçon, un bock!...[1]*». Dans d'autres récits, c'est celle de la rivière attirante et sournoise, comme la Seine du «Horla»; dans d'autres, celle du miroir. La perte du sentiment de l'identité est donc favorisée par des éléments extérieurs. Mais l'explication de son brusque surgissement est impossible. C'est une émergence du profond et inguérissable ennui de vivre. On ne saurait y remédier, puisque le héros de ces accidents est parfaitement lucide, plus lucide que les autres hommes.*

Nous ne connaissons qu'au détour d'une phrase le nom du héros de «Lui?»: sa femme s'appellera «Mme Raymon». Nous ne connaissons pas le nom du désespéré de «Suicides». Ils pourraient être vous ou moi, ou n'importe quel lecteur contemporain de Maupassant. La perte de valeurs qui caractérise notre époque a commencé en France dès l'après-guerre de 1870: manque de foi religieuse, patriotisme blessé, scepticisme à l'égard de l'amour, névroses et parfois recours à la drogue, forment une atmosphère de «décadence» dont l'un des plus clairvoyants analystes est Paul Bourget, dans ses Essais de psychologie contemporaine. *Le dévelop-*

1. «Garçon, un bock!...», *Gil Blas*, 1er janvier 1884, recueilli dans *Miss Harriet*. Éd. Folio classique, p. 197-206.

pement de la psychopathologie est alors concomitant, avec le professeur Charcot dont Maupassant suivit à partir de 1884 les cours publics à l'hôpital de la Salpêtrière. Charcot fut le professeur de Freud, qui certes a inventé la psychanalyse, mais non l'observation des malades, le dialogue avec eux, l'essai d'analyser leurs écrits[1] *ou dessins. Une véritable communication avec les malades mentaux est dès lors considérée comme possible : c'est un pas considérable par rapport à l'état antérieur de la médecine, où le docteur Blanche faisait figure d'aliéniste à la pointe du progrès quand il demandait à Gérard de Nerval d'écrire* Aurélia.

L'observation médicale amène à considérer qu'il n'y a pas une seule « folie », mais des états intermédiaires d'obsession, d'hallucination, de malaise, qui peuvent atteindre la plupart des hommes dans leurs moments de fragilité. Ces nouvelles idées, largement répandues, expliquent que des récits comme ceux de Maupassant aient pu être facilement admis par les lecteurs. Mais elles ne suffisent pas à rendre compte des idées de l'écrivain lui-même, car les médecins estimaient qu'il y avait lieu de ramener leurs patients à une autre façon de voir la vie. Pas Maupassant : ce sont les futurs suicidés, ou ceux qui voient se dissoudre leur Moi, qui sont dans le vrai pour lui ; l'existence est si problématique, si médiocre et si effrayante en même temps ! Les personnages de « Suicides » et de « Lui ? » annoncent le héros du « Horla », qui convainc son aliéniste lui-même de la pertinence de son aventure.

1. Dr P.-M. Simon, *L'Imagination dans la folie*, E. Doniaud, 1876 ; *Les Écrits et les Dessins des aliénés*, G. Steinheil, 1888.

L'ennui de vivre fin de siècle, bien plus fort que l'ennui de vivre romantique qui admet au moins une idéalisation de l'amour, n'est assurément pas l'apanage du seul Maupassant. Bien des écrivains de son entourage ont publié des récits de la folie ou de la perversion, par exemple Catulle Mendès avec ses Monstres parisiens *de 1882, Jean Lorrain avec* Modernités *en 1885. Le plus notable de tous est Joris-Karl Huysmans, avec l'extraordinaire peinture de la médiocrité de la vie que représente* À vau-l'eau, *de 1882, et le bréviaire du dandy décadent qu'il publie avec* À Rebours, *l'année même où paraissent* Les Sœurs Rondoli. *Ce qui caractérise les héros névrosés de Maupassant, c'est peut-être qu'ils semblent absolument naturels : il y a du reste une grande communauté entre les vues générales sur la vie de Pierre Jouvenet, qui semble mener une existence ordinaire, et celles du futur suicidé ou de l'affolé de solitude. Seulement, un jour, ces deux-là ont été frappés plus que l'autre de l'indétermination de leur Moi et de l'ambiguïté des signes.*

Pas d'excès dans l'horreur, comme souvent chez Jean Lorrain ou Catulle Mendès ; pas d'excès dans le refus de la vie courante, comme chez Huysmans. Le maléfice sort chez Maupassant du quotidien, qui d'autre part peut procurer de grands plaisirs des sens. C'est un des écrivains français qui a le mieux éprouvé, à l'instar des conteurs belges, l'existence de ce que Franz Hellens appelle les « réalités fantastiques[1] *». Sans doute ses propres souffrances l'ont-elles incliné à dire le rôle que joue le corps dans*

1. Franz Hellens, *Réalités fantastiques*, Éditions du Disque vert, Paris-Bruxelles, 1923.

l'émergence du bizarre ; et sa pratique d'écrivain l'a prédestiné à sentir un dédoublement constant, tel qu'il le dépeint en 1882 dans un article sur Flaubert[1] *: « Acteur et spectateur de lui-même et des autres /.../ il souffre d'un mal étrange, d'une sorte de dédoublement de l'esprit, qui fait de lui un être effroyablement vibrant, machiné, compliqué et fatigant pour lui-même. »*

En général, les héros des folies ordinaires et des événements étranges sont des hommes chez Maupassant. Cependant une femme nous retiendra dans ce recueil : celle de Blérot, dans « Un sage ». Ce récit est incontestablement écrit pour faire sourire, non sans malignité, de ce mari qui cède à un amant sa trop fatigante femme, et préfère aller chez les filles. Un ardent partisan du célibat, comme Maupassant, se félicite d'avoir échappé à un mariage qui pourrait conduire de l'exténuation à la mort ! Reste que le cas de Mme Blérot n'est pas de ceux qui sont traités habituellement à l'époque.

Voilà une femme au sexe insatiable, et qui n'est pas décrite pour cela comme une nymphomane. Simplement, elle ignorait jusqu'à l'existence de la sexualité avant son mariage, et, une fois initiée par son mari, elle a révélé des appétits dont elle ne soupçonne nullement qu'ils sont immenses. Son mari ne le lui fait pas comprendre : de telles conversations entre mari et femme n'étaient pas de mise ; et puis, l'homme, étant censé détenir la clef du plaisir, se serait senti humilié en s'avouant de complexion moins chaude que son épouse. Ce n'était

1. « L'Homme de lettres », *Le Gaulois*, 6 novembre 1882 ; *Chroniques*, II, p. 374.

guère l'habitude alors de considérer le violent désir de la femme comme faisant partie de sa nature, et non comme un excès capable de la porter aux pires conduites : le libéral XVIIIe siècle lui-même avait parlé de « fureur utérine » à ce propos, et le traité du docteur Bienville[1]*, l'un des rares à aborder le sujet, recommande que pour en éviter les conséquences terribles, on surveille de près les lectures et la conduite de la femme, ne la laissant jamais, d'autre part, sans compagnie...*

Le XIXe siècle aggraverait plutôt ces précautions. L'aliéniste Charcot, dans son diagnostic de l'hystérie, ne met pas en accusation l'éducation et les idées dominantes de son temps. Quant aux écrivains, assez rares, qui parlent de femmes aussi ardentes que Mme Blérot, ils les dépeignent comme des vampires ou, pour employer le terme de Catulle Mendès, des « monstres ». Maupassant se place à un autre point de vue : celui de l'entente impossible, dans le mariage, entre deux êtres dont l'un ignore tout des réalités de l'amour. Traitée ici en comédie, la question a très sérieusement été soulevée par lui, à l'occasion des débats engendrés par Pot-Bouille *de Zola, dans un article du 27 mai 1882 paru dans* Le Gaulois, *« À propos du divorce*[2] *» : il y déplore l'éducation « étroite, étouffante » qu'on donne aux filles depuis l'époque romantique, qui les a célébrées comme des anges immaculés. Du coup, le mariage devient une loterie, car la jeune femme ne ressemble nullement à la jeune fille qu'elle a été.*

1. Dr Bienville, *La Nymphomanie ou traité de la fureur utérine*, Amsterdam, 1771, réédition Le Sycomore, 1980, avec une préface de Jean-Marie Goulemot.
2. *Chroniques*, II, p. 88.

À cette occasion, on aborde un propos qui peut être étendu à l'ensemble des chroniques et des récits de l'écrivain : leur rapport avec l'actualité sociale ou littéraire. Paraissant d'abord dans des journaux, comme c'était courant alors, ils cherchaient souvent à attirer les lecteurs en se greffant sur les questions à l'ordre du jour. Dans son ouvrage *Chroniqueurs parisiens* (1887), Jules Lemaître qualifie les articles des auteurs dont il parle de « poussière d'histoire ». Il dénonce aussi le péril de facilité ou de vulgarité qui les guette.

Maupassant, élevé à la sévère école de Flaubert, a certes mieux échappé à ce péril qu'un Aurélien Scholl ou qu'un Armand Silvestre, édités comme lui dans le quotidien *Gil Blas*, et maintenant bien oubliés. Mais ses articles, parfois, n'en exploitent pas moins des filons éprouvés : parmi ceux qu'il n'a pas repris en volume, on trouve des promenades dans certains coins curieux de la capitale (« Au Muséum d'histoire naturelle », *Le Gaulois*, 23 mars 1881), des chroniques attendues, par exemple sur le retour de Sarah Bernhardt en France (« Enthousiasme et cabotinage », *Le Gaulois*, 19 mai 1881) ; et parmi les récits parus en volume, certains mettent à profit des plaisanteries faciles, des situations de vaudeville, par exemple « Les Épingles[1] » ou « Le Rendez-vous[2] », ou, dans *Les Sœurs Rondoli*, « Le Verrou ». Ce n'est pas impunément que Maupassant publie quantité d'articles, deux, parfois

1. « Les Épingles », *Gil Blas*, 10 janvier 1888, recueilli dans *La Main gauche*. Édition Folio classique, p. 131-137.

2. « Le Rendez-vous », *L'Écho de Paris*, 23 février 1889, recueilli dans *La Main gauche*. Éd. Folio classique, p. 148-157.

trois par semaine! Mais en général, il évite tout de même les écueils qui ont perdu tant de ses confrères. Et le recours à l'actualité a le mérite de le tenir sur le qui-vive, de lui faire donner son opinion sur le monde de son temps, au lieu de rester enfermé dans sa propre vision de la vie.

Parfois, c'est son inspiration littéraire qu'il mesure à celles qui sont à la mode. Tel est le cas pour le premier et le dernier récit du recueil Les Sœurs Rondoli. *Nous sommes prévenus au début des «Sœurs Rondoli» que le voyage en Italie ne donnera pas matière à des «impressions» comme il en paraissait tant, à une époque où sortir de France n'était pas aussi fréquent que de nos jours (le* Voyage en Italie *de Taine, paru en 1866, reste un classique du genre). Quant au début de «Châli» dans* Gil Blas, *il se démarque plus explicitement encore de la vogue de la sentimentalité exotique assez fade créée par les romans de Pierre Loti,* Aziyadé *(1879),* Le Mariage de Loti *(1880),* Le Roman d'un spahi *(1881). Cette vogue est le fait des mondaines, qui ne retiennent en Loti que le guide de voyages mélancoliques, certes, mais superficiels, à travers des âmes féminines étrangères. D'où le polylogue de salon qui ouvre le récit en journal; il est censé correspondre au ton d'un* Décaméron *moderne, mais il introduit malignement un récit peu fait pour contenter le goût léger des femmes de salon. Pour comprendre toute la portée de la démarche de Maupassant dans ce récit, on se rappellera sa chronique «L'Amour dans les livres et dans la vie[1]», écrite à propos de*

1. *Chroniques*, III, p. 279.

Mon frère Yves *de Loti: «Cela nous charme et nous touche par des effets littéraires trop apparents, trop visiblement faux, par l'attendrissement trop voulu et non pas la vérité, non par cette vraisemblance dure et poignante qui nous bouleverse le cœur au lieu de l'émouvoir facticement comme le fait monsieur Loti.»*

Certains récits des Sœurs Rondoli *procèdent d'autre part d'une satire de la société du temps. On la trouve directement exprimée dans de nombreuses chroniques du* Gaulois, *où Maupassant, surtout après son voyage de reporter en Algérie de 1881, s'indigne à propos du personnel et des institutions de la Troisième République. Parmi elles, on peut citer «Va t'asseoir!», du 8 septembre 1881, où le gouvernement issu du «nombre imbécile», et confié du coup à des «saltimbanques», est considéré comme exécrable, ou «Choses du jour», du 28 décembre 1881, où, à propos de la colonisation de la Tunisie, qui donnait lieu à des spéculations, Maupassant s'écrie: «Et vous criez au scandale! Et vous vivez à Paris! Et vous trouvez tout simples les tripotages parisiens des hauts seigneurs de l'exploitation publique /.../ Nous vivons sous le règne du pot-de-vin, dans le royaume de la conscience facile, à genoux devant le veau d'or[1].»*

Qu'on ne s'y trompe pas: Maupassant, en bon darwinien, est persuadé que la lutte pour la vie est inéluctable, et que n'importe quel régime serait fertile en escroqueries et en antagonismes féroces. Dans «Va t'asseoir!», il persifle les prises de position de Vallès en faveur du «peuple». On ne trouve

1. *Chroniques*, I, p. 356.

chez lui aucun prosélytisme politique. Même, il n'hésite pas à dédicacer ses récits à des personnages dont il connaît si bien les tares qu'il les mettra en scène dans ses romans[1]. *Mais trop, c'est trop. Duperie, hypocrisie, règne universel de l'argent, poussés au point où il les voit, l'exaspèrent. Les récits des* Sœurs Rondoli *ont paru pendant la préparation du roman qui les dénonce,* Bel-Ami. *Certains d'entre eux pourraient y figurer, comme «Décoré!», dont le protagoniste est obsédé par l'envie d'obtenir la Légion d'honneur, au point de ne voir le monde que par et pour cette décoration. Son nom, «Sacrement», est aussi caractéristique que celui des sœurs «Rondoli»: la République consacre comme l'Église, mais avec moins de grandeur et de recul dans le temps... Du coup, elle fabrique des dupes, et des profiteurs comme le député Rosselin. Autre récit orienté, «Mon oncle Sosthène» montre la franc-maçonnerie, alors si puissante dans les instances du pouvoir, aussi puérilement attachée à des cérémonies et des marques extérieures d'appartenance que l'Église. Maupassant y renvoie dos à dos le franc-maçon et le jésuite.*

Ailleurs, il constate l'absence de toute valeur morale, ou même de tout respect humain, dès qu'il s'agit d'argent. Assurément, l'avidité est le propre de la nature humaine, comme on le voit dans «Le Parapluie»; mais certaines lois lui donnent l'occasion de se déployer. Sans l'existence de la vente en viager, «Le Petit Fût», qui relate un assassinat

1. Voir notamment les notes 1 de cette édition à «La Patronne» (concernant le Dr Baraduc) et à «Un sage» (concernant le baron de Vaux).

médité et impuni, ne serait pas écrit. Si la loi sur l'héritage, en l'absence d'enfant, ne transmettait pas le patrimoine à la famille en négligeant l'épouse, « Le cas de Mme Luneau » courant les amants ne se présenterait pas. La société comme elle va n'est décidément pas celle de la morale laïque et du progrès, célébrée par les chantres d'une république dont on rappellera qu'elle est née (assez peu de temps avant le moment où écrit Maupassant) avec la prétention de se démarquer de l'immoralité du Second Empire !

Elle n'est pas non plus celle de l'égalité entre les citoyens. La parole d'une domestique ne vaut pas celle d'une femme de notaire. Comme au passage et sans insister, mais tout de même à la place privilégiée qu'est une fin de récit, Maupassant note que les bleus dont l'amant a marbré la chair du bébé, dans « Le Mal d'André », sont attribués à la nourrice par la mère adultère : « Elle nia avec effronterie, mais fut chassée. / Et sa conduite, signalée à la municipalité, l'empêcha de trouver d'autres places. »

D'autres récits de Maupassant ont un rapport avec une attente diffuse du lecteur, qui s'intéresse, comme on l'a vu, aux recherches contemporaines sur les névroses. Ainsi « Lui ? », et même « Suicides », car il faut avoir parcouru Gil Blas *de 1883 pour savoir que la question du suicide (qui était en augmentation en France) y était traitée en plusieurs articles dans les « Propos du docteur », en l'espèce le docteur Monin. Mais avec ces récits de Maupassant, nous sentons bien que l'intérêt de l'écrivain est surtout ailleurs : il les écrit de telle sorte qu'il leur donne une valeur toute particulière.*

Constatation qui s'étend aux autres récits. Ce qui est inimitable chez Maupassant, c'est que l'aspect lisse, clair, classiquement rassurant en somme de sa langue, permet des premières lectures faciles, mais qu'à l'instar de l'hallucination si nettement diagnostiquée mais pourtant génératrice de peur dans « *Lui ?* »*, ses récits s'imposent ensuite dans la sensibilité*[1]*, et poursuivent le lecteur. Ce sont des bombes à retardement.*

Une des raisons de cet effet tient à la présence insistante des objets dans les récits. Les considérations purement psychologiques y occupent peu de place. Maupassant, par exemple, caractérise l'horreur des voyages chez Pierre Jouvenet avec une série d'apparitions matérielles : le lit d'hôtel occupé auparavant par des gens hideux, la table d'hôte entourée de visages qui ressemblent à des mufles d'animaux (« *Les Sœurs Rondoli* »*). Il ne nous donne pas de détails sur les méditations de maître Chicot qui cherche comment faire mourir au plus vite la mère Magloire dans* « *Le Petit Fût* »*. Juste un :* « *Alors il chercha des moyens.* » *Viennent alors le détail des plats du dîner en vain offert à la vieille, qui, par habitude, en mange modérément, puis la succession, cette fois pleine de promesse pour Chicot, des trois verres d'alcool, de* « *fil-en-dix* »*, acceptés. La* « *petite barrique cerclée de fer* » *contenant le même alcool arrive dès le lendemain chez la mère Magloire, instrument d'un prompt dénouement. Et de quelle*

1. C'est ce que dégage bien Marianne Bury dans *La Poétique de Maupassant*, SEDES, 1994, deuxième partie, « L'Écriture et le Silence ».

manière la sobriété (forcée) de la mère Magloire avant la signature du fatal contrat avait-elle été indiquée, au début du récit ? Mais par la précision et l'habileté avec laquelle elle épluchait des pommes de terre. « Ses doigts crochus, noués, durs comme des pattes de crabe, saisissaient à la façon de pinces les tubercules grisâtres dans une manne, et vivement elle les faisait tourner, enlevant de longues bandes de peau sous la lame d'un vieux couteau qu'elle tenait de l'autre main. » Minutie dans la description digne de certains « nouveaux romanciers » des années 1950 — et, encore une fois, proche d'écrivains belges : Ghelderode par exemple, dans ses beaux contes fantastiques Sortilèges.

Dans ces conditions, le réalisme, à force de précisions, entoure l'objet d'une présence insistante, et, selon l'expression de Maupassant, devient « vision plus complète, plus saisissante, plus probante que la réalité même », comme chez les peintres hyperréalistes. La plus mince chose, la plus vulgaire en apparence, dégage soudain des significations. Ainsi la pomme de terre de la mère Magloire ; ainsi le parapluie de M. Oreille, tour à tour fermé et ouvert, neuf, puis brûlé de cendres vives, puis de nouveau brûlé à l'aide d'allumettes par Mme Oreille, et exhibé comme un « squelette loqueteux » aux yeux du responsable des sinistres au siège de l'assurance « La Maternelle ». Cet objet qui a coûté dix-huit francs finit, à cause de l'idée fixe de Mme Oreille, par être considéré par le responsable de l'assurance comme remboursable, à l'égal des catastrophes de plusieurs centaines de milliers de francs.

Une idée fixe du même genre donne dans

« Décoré ! » une importance hyperbolique au « petit ruban de couleur » convoité par M. Sacrement, et guetté par lui sur les vêtements des promeneurs du boulevard. Quant il l'aperçoit chez lui sur la redingote laissée par le député amant de sa femme, il suffit que celle-ci assure que le ruban est pour lui, Sacrement, et décore une redingote destinée à lui ménager une surprise. L'invraisemblance du propos lui échappe : il se met à « pleurer de joie ». Mais tous les objets n'ont pas cette forte aura de satire ou de ridicule. D'autres irradient une force mauvaise. « J'ai peur des murs, des meubles, des objets familiers qui s'animent, pour moi, d'une sorte de vie animale », déclare le protagoniste de « Lui ? » après avoir vu son fauteuil occupé par une apparition. « Vie animale », oui : dans un récit ultérieur, « Qui sait ? », Maupassant décrira la névrose d'un homme qui a vu son fauteuil, son « grand fauteuil de lecture », « qui sortait en se dandinant » de la maison, suivi des autres meubles. Pour le suicidé sans raison de « Suicides », c'est son secrétaire qui rend perceptible la force létale du passé : « Ah ! ne touchez jamais à ce meuble, à ce cimetière des correspondances d'autrefois, si vous tenez à la vie ! » Dans le récit ultérieur « La Chevelure[1] », ce meuble, en révélant au protagoniste la natte d'or d'une femme disparue depuis longtemps, deviendra la cause de sa folie. L'hypersensibilité de Maupassant se manifeste par cette énergie, drôle ou maléfique, de l'objet qui peut nous paraître dérisoire et provoque des suites fatales. C'est le cas de la boîte

1. « La Chevelure », *Gil Blas,* 13 mai 1884, recueilli dans *Toine*. Éd. Folio classique, p. 105-114.

en carton recouverte de coquillages, si commune aux yeux du protagoniste de « Châli » (« En France, cela aurait valu au plus quarante sous »), si précieuse pour le prince indien qu'il ne voudra jamais croire que Châli l'ait reçue en cadeau de son amant : il la condamnera à mort pour l'avoir volée.

L'absurdité et la violence du monde se font jour ici crûment. Cette crudité marque bien en général l'art de Maupassant, qui réside dans un « effet de réel » si intense qu'il entraîne le lecteur dans un monde transformé, si simples que paraissent les phrases lues, si naturels que paraissent le déroulement du récit et sa fin. La conclusion de l'aventure semble parfois la mettre à distance : bien des années se sont écoulées entre la mort de Châli et l'évocation qu'en fait l'ancien lieutenant de vaisseau devenu amiral. Mais en fait, c'est là une fausse fermeture : quand, au terme de sa vie, le vieillard désormais « désexué » peut dresser un bilan et affirme qu'il n'a « jamais aimé d'autre femme que Châli », il ouvre des perspectives sur l'étrangeté de l'amour, qui ne peut exister qu'au prix d'une séparation cruelle et irrémédiable. D'autres récits offrent une conclusion à la fois singulière et ouverte : à la fin des « Sœurs Rondoli », nous apprenons qu'il reste à la mère deux filles encore à offrir à Pierre Jouvenet ; l'auteur nous avertit que « Suicides » relate un cas parmi d'autres ; la fin de « Lui ? », d'une écriture si inquiète, nous laisse dans le doute sur le sort du protagoniste qui a choisi la solution saugrenue du mariage : « Mais si nous étions deux chez moi, je sens, oui, je sens assurément, qu'il n'y serait plus ! Car il est là parce que je suis seul, uniquement parce que je suis seul !» Ailleurs, c'est franchement une interrogation qui termine le récit, comme dans «Rencontre»: «Avait-elle menti? Disait-elle vrai? Il l'ignora toujours.»

Rien ne serait donc plus faux, concernant les récits de Maupassant, que de les analyser à partir de l'idée rhétorique traditionnelle que toute fin doit en être une clôture, grâce à quoi le récit peut «faire la pyramide». L'écrivain emploie une rhétorique sans autre règle que l'opportunité. Car il existe véritablement aussi des récits clos, par exemple par les «mots de la fin» de maître Chicot dans «Le Petit Fût», de Mme Oreille dans «Le Parapluie», de la Patronne dans le récit auquel elle prête son nom. Ils terminent des présentations de caractères et d'anecdotes bien dessinés, alors qu'ailleurs, et c'est le cas le plus fréquent, nous nous trouvons devant une sorte de coulure existentielle.

Ce qui est le trait commun de ces récits, c'est donc le décalage entre leur allure paisible, transparente, souvent drôle, et une vision sans complaisance d'un monde qui n'a pas de référence autre que l'immédiate sensation et l'intérêt personnel: d'un monde inexplicable. L'homme chez Maupassant n'a pas de cohérence intérieure. Il se trouve d'autre part jeté dans un univers sans dieux, sans morale, dans lequel les choses possèdent une présence hallucinante. Peu d'écrivains français offrent, sous une forme qui paraît aussi classiquement travaillée, une vision du monde aussi dénuée de références à une tradition humaniste et religieuse, aussi privée de toute «illusion» consolante. Illusion selon le jugement de Maupassant, bien entendu, mais également de beaucoup de ses contempo-

rains : l'époque 1880 est celle d'une crise sans précédent de la civilisation. Les récits de Maupassant, par le paradoxe de leur écriture, l'expriment avec une force particulière.

Marie-Claire Bancquart

Les Sœurs Rondoli

Les Sœurs Rondoli

À Georges de Porto-Riche[1].

I

« Non, dit Pierre Jouvenet, je ne connais pas l'Italie, et pourtant j'ai tenté deux fois d'y pénétrer, mais je me suis trouvé arrêté à la frontière[2] de telle sorte qu'il m'a toujours été impossible de m'avancer plus loin. Et pourtant ces deux tentatives m'ont donné une idée charmante des mœurs de ce beau pays. Il me reste à connaître les villes, les musées, les chefs-d'œuvre dont cette terre est peuplée. J'essaierai de nouveau, au premier jour, de m'aventurer sur ce territoire infranchissable.

» Vous ne comprenez pas ? — Je m'explique. »

*

C'est en 1874 que le désir me vint de voir Venise, Florence, Rome et Naples. Ce goût me prit vers le

15 juin, alors que la sève violente du printemps vous met au cœur des ardeurs de voyage et d'amour.

Je ne suis pas voyageur cependant. Changer de place me paraît une action inutile et fatigante. Les nuits en chemin de fer[1], le sommeil secoué des wagons avec des douleurs dans la tête et des courbatures dans les membres, les réveils éreintés dans cette boîte roulante, cette sensation de crasse sur la peau, ces saletés volantes qui vous poudrent les yeux et le poil, ce parfum de charbon dont on se nourrit, ces dîners exécrables dans le courant d'air des buffets sont, à mon avis, de détestables commencements pour une partie de plaisir.

Après cette introduction du *Rapide*, nous avons les tristesses de l'hôtel, du grand hôtel plein de monde et si vide, la chambre inconnue, navrante, le lit suspect ! — Je tiens à mon lit plus qu'à tout[2]. Il est le sanctuaire de la vie. On lui livre nue sa chair fatiguée pour qu'il la ranime et la repose dans la blancheur des draps et dans la chaleur des duvets.

C'est là que nous trouvons les plus douces heures de l'existence, les heures d'amour et de sommeil. Le lit est sacré. Il doit être respecté, vénéré, par nous, et aimé, comme ce que nous avons de meilleur et de plus doux sur la terre.

Je ne puis soulever le drap d'un lit d'hôtel sans un frisson de dégoût. Qu'a-t-on fait là-dedans, l'autre nuit ? Quels gens malpropres, répugnants ont dormi sur ces matelas ? Et je pense à tous les êtres affreux qu'on coudoie chaque jour, aux vilains bossus, aux chairs bourgeonneuses, aux mains noires qui font songer aux pieds et au reste. Je pense à ceux dont la rencontre vous jette au nez des odeurs écœurantes d'ail ou d'humanité[1]. Je pense aux difformes, aux purulents, aux sueurs des malades, à toutes les laideurs et à toutes les saletés de l'homme.

Tout cela a passé dans ce lit où je vais dormir. J'ai mal au cœur en glissant mon pied dedans.

Et les dîners d'hôtel, les longs dîners de table d'hôte[2] au milieu de toutes ces personnes assommantes ou grotesques; et les affreux dîners solitaires à la petite table du restaurant en face d'une pauvre bougie coiffée d'un abat-jour.

Et les soirs navrants dans la cité ignorée? Connaissez-vous rien de plus lamentable que la nuit qui tombe sur une ville étrangère? On va devant soi au milieu d'un mouvement, d'une agitation qui semblent surprenants comme ceux de songes. On regarde ces figures qu'on n'a jamais vues, qu'on ne reverra jamais, on écoute ces voix parler de choses qui vous sont indifférentes, en une langue qu'on ne comprend même point. On éprouve la sensation atroce de l'être perdu. On a le cœur serré, les jambes molles, l'âme affaissée. On marche comme si on fuyait, on marche pour ne pas rentrer dans l'hôtel où on se trouverait plus perdu encore parce qu'on y est chez soi, dans le chez soi payé de tout le monde, et on finit par tomber sur la chaise d'un café illuminé, dont les dorures et les lumières vous accablent mille fois plus que les ombres de la rue. Alors, devant le bock baveux apporté par un garçon qui court, on se sent si abominablement seul[3] qu'une sorte de folie vous saisit, un besoin de partir, d'aller autre part, n'importe où, pour ne pas rester là, devant cette table de marbre et sous ce lustre éclatant. Et on s'aperçoit soudain qu'on est vraiment et toujours et partout seul au monde, mais que dans les lieux connus, les coudoiements familiers vous donnent seulement l'illusion de la fraternité humaine. C'est en ces heures d'abandon, de noir isolement dans les cités lointaines qu'on pense largement, clairement et profondément. C'est alors qu'on voit bien toute la vie d'un seul coup d'œil en dehors de l'optique d'espérance éternelle, en dehors de la tromperie des habitudes prises et de l'attente du bonheur toujours rêvé.

C'est en allant loin qu'on comprend bien comme tout est proche et court et vide ; c'est en cherchant l'inconnu qu'on s'aperçoit bien comme tout est médiocre et vite fini ; c'est en parcourant la terre qu'on voit bien comme elle est petite et sans cesse à peu près pareille.

Oh ! les soirées sombres de marche au hasard par des rues ignorées, je les connais. J'ai plus peur d'elles que de tout.

Aussi comme je ne voulais pour rien partir seul en ce voyage d'Italie, je décidai à m'accompagner mon ami Paul Pavilly.

Vous connaissez Paul. Pour lui, le monde, la vie, c'est la femme. Il y a beaucoup d'hommes de cette race-là. L'existence lui apparaît poétisée, illuminée par la présence des femmes. La terre n'est habitable que parce qu'elles y sont ; le soleil est brillant et chaud parce qu'il les éclaire. L'air est doux à respirer parce qu'il glisse sur leur peau et fait voltiger les courts cheveux de leurs tempes.

La lune est charmante parce qu'elle leur donne à rêver et qu'elle prête à l'amour un charme langoureux. Certes tous les actes de Paul ont les femmes pour mobiles ; toutes ses pensées vont vers elles, ainsi que tous ses efforts et toutes ses espérances.

Un poète a flétri cette espèce d'hommes :

Je déteste surtout le barde à l'œil humide
Qui regarde une étoile en murmurant un nom,
Et pour qui la nature immense serait vide
S'il ne portait en croupe ou Lisette ou Ninon.

Ces gens-là sont charmants qui se donnent la peine,
Afin qu'on s'intéresse à ce pauvre univers,
D'attacher des jupons aux arbres de la plaine
Et la cornette blanche au front des coteaux verts.

Certe ils n'ont pas compris tes musiques divines,
Éternelle nature aux frémissantes voix,
Ceux qui ne vont pas seuls par les creuses ravines
Et rêvent d'une femme au bruit que font les bois[1] *!*

Quand je parlai à Paul de l'Italie, il refusa d'abord absolument de quitter Paris, mais je me mis à lui raconter des aventures de voyage, je lui dis comme les Italiennes passent pour charmantes ; je lui fis espérer des plaisirs raffinés, à Naples, grâce à une recommandation que j'avais pour un certain signore Michel Amoroso dont les relations sont fort utiles aux voyageurs ; et il se laissa tenter.

II

Nous prîmes le *Rapide* un jeudi soir, le 26 juin [1]. On ne va guère dans le Midi à cette époque ; nous étions seuls dans le wagon, et de mauvaise humeur tous les deux, ennuyés de quitter Paris, déplorant d'avoir cédé à cette idée de voyage, regrettant Marly [2] si frais, la Seine si belle, les berges si douces, les bonnes journées de flâne dans une barque, les bonnes soirées de somnolence sur la rive, en attendant la nuit qui tombe.

Paul se cala dans son coin, et déclara, dès que le train se fut mis en route : « C'est stupide d'aller là-bas. »

Comme il était trop tard pour qu'il changeât d'avis, je répliquai : « Il ne fallait pas venir. »

Il ne répondit point. Mais une envie de rire me prit en le regardant, tant il avait l'air furieux. Il ressemble certainement à un écureuil. Chacun de nous d'ailleurs garde dans les traits, sous la ligne humaine, un type d'animal, comme la marque de sa race primitive [3]. Combien de gens ont des gueules de bouledogue, des têtes de bouc, de lapin, de renard, de cheval, de bœuf ! Paul est un écureuil devenu homme. Il a les yeux vifs de cette bête, son poil roux, son nez pointu, son corps petit, fin, souple et remuant, et puis une mystérieuse ressemblance dans l'allure générale. Que sais-je ? une similitude de gestes, de mouvements, de tenue qu'on dirait être du souvenir.

Enfin nous nous endormîmes tous les deux de ce sommeil bruissant de chemin de fer que coupent d'horribles crampes dans les bras et dans le cou et les arrêts brusques du train.

Le réveil eut lieu comme nous filions le long du Rhône. Et bientôt le cri continu des cigales entrant par la portière, ce cri qui semble la voix de la terre chaude, le chant de la Provence, nous jeta dans la figure, dans la poitrine, dans l'âme la gaie sensation du Midi, la saveur du sol brûlé, de la patrie pierreuse et claire de l'olivier trapu au feuillage vert-de-gris.

Comme le train s'arrêtait encore, un employé se mit à courir le long du convoi en lançant un *Valence* sonore, un vrai *Valence*, avec l'accent, avec tout l'accent, un *Valence* enfin qui nous fit passer de nouveau dans le corps ce goût de Provence que nous avait déjà donné la note grinçante des cigales.

Jusqu'à Marseille, rien de nouveau.

Nous descendîmes au buffet pour déjeuner.

Quand nous remontâmes dans notre wagon, une femme y était installée.

Paul me jeta un coup d'œil ravi ; et, d'un geste machinal il frisa sa courte moustache, puis, soulevant un peu sa coiffure, il glissa, comme un peigne, ses cinq doigts ouverts dans ses cheveux fort dérangés par cette nuit de voyage. Puis il s'assit en face de l'inconnue.

Chaque fois que je me trouve, soit en route, soit dans le monde, devant un visage nouveau, j'ai l'obsession de deviner quelle âme, quelle intelligence, quel caractère se cachent derrière ces traits.

C'était une jeune femme, toute jeune et jolie, une fille du Midi assurément. Elle avait des yeux superbes, d'admirables cheveux noirs, ondulés, un peu crêpelés, tellement touffus, vigoureux et longs qu'ils semblaient lourds, qu'ils donnaient rien qu'à les voir la sensation de leur poids sur la tête. Vêtue avec élégance et un certain mauvais goût méridional[1], elle semblait un peu commune. Les traits réguliers de sa face n'avaient point cette grâce, ce fini des races élégantes, cette délicatesse légère que les fils d'aristocrates reçoivent en naissant et qui est comme la marque héréditaire d'un sang moins épais.

Elle portait des bracelets trop larges pour être en or, des boucles d'oreilles ornées de pierres transparentes trop grosses pour être des diamants ; et elle avait dans toute sa personne un je-ne-sais-quoi de peuple. On devinait qu'elle devait parler trop fort, crier en toute occasion avec des gestes exubérants.

Le train partit.

Elle demeurait immobile à sa place, les yeux fixés devant elle dans une pose renfrognée de femme furieuse. Elle n'avait pas même jeté un regard sur nous.

Paul se mit à causer avec moi, disant des choses apprêtées pour produire de l'effet, étalant une devanture de conversation pour attirer l'intérêt comme les marchands étalent en montre leurs objets de choix pour éveiller le désir.

Mais elle semblait ne pas entendre.

« Toulon ! dix minutes d'arrêt ! Buffet ! » cria l'employé.

Paul me fit signe de descendre, et, sitôt sur le quai : « Dis-moi qui ça peut bien être ? »

Je me mis à rire : « Je ne sais pas, moi. Ça m'est bien égal. »

Il était fort allumé : « Elle est rudement jolie et fraîche, la gaillarde. Quels yeux ! Mais elle n'a pas l'air content. Elle doit avoir des embêtements ; elle ne fait attention à rien. »

Je murmurai : « Tu perds tes frais. »

Mais il se fâcha : « Je ne fais pas de frais, mon cher ; je trouve cette femme très jolie, voilà tout. — Si on pouvait lui parler ? Mais que lui dire ? Voyons, tu n'as pas une idée, toi ? Tu ne soupçonnes pas qui ça peut être ?

— Ma foi, non. Cependant, je pencherais pour une cabotine qui rejoint sa troupe après une fuite amoureuse. »

Il eut l'air froissé, comme si je lui avais dit quelque chose de blessant, et il reprit : « À quoi vois-tu ça ? Moi je lui trouve au contraire l'air très comme il faut. »

Je répondis : « Regarde les bracelets, mon cher, et les boucles d'oreilles, et la toilette. Je ne serais pas étonné non plus que ce fût une danseuse, ou peut-être même une écuyère, mais plutôt une danseuse. Elle a dans toute sa personne quelque chose qui sent le théâtre. »

Cette idée le gênait décidément : « Elle est trop jeune, mon cher, elle a à peine vingt ans.

— Mais, mon bon, il y a bien des choses qu'on peut faire avant vingt ans, la danse et la déclamation sont de celles-là, sans compter d'autres encore qu'elle pratique peut-être uniquement. »

« Les voyageurs pour l'express de Nice, Vintimille, en voiture ! » criait l'employé.

Il fallait remonter. Notre voisine mangeait une orange. Décidément, elle n'était pas d'allure distinguée. Elle avait ouvert son mouchoir sur ses genoux ; et sa manière d'arracher la peau dorée, d'ouvrir la bouche pour saisir les quartiers entre ses lèvres, de cracher les pépins par la portière, révélaient toute une éducation commune d'habitudes et de gestes.

Elle semblait d'ailleurs plus grinchue que jamais, et elle avalait rapidement son fruit avec un air de fureur tout à fait drôle.

Paul la dévorait du regard, cherchant ce qu'il fallait faire pour éveiller son attention, pour remuer sa curiosité. Et il se remit à causer avec moi, donnant jour à une procession d'idées distinguées, citant familièrement des noms connus. Elle ne prenait nullement garde à ses efforts.

On passa Fréjus, Saint-Raphaël. Le train courait dans ce jardin, dans ce paradis des roses, dans ce bois d'orangers et de citronniers épanouis qui portent en même temps leurs bouquets blancs et leurs fruits d'or, dans ce royaume des parfums, dans cette patrie des fleurs, sur ce rivage admirable qui va de Marseille à Gênes.

C'est en juin qu'il faut suivre cette côte où poussent, libres, sauvages, par les étroits vallons, sur les pentes des collines, toutes les fleurs les plus belles. Et toujours on revoit des roses, des champs, des plaines, des haies, des bosquets de roses. Elles grimpent aux murs, s'ouvrent sur les toits, escaladant les arbres, éclatent dans les feuillages, blanches, rouges, jaunes, petites ou énormes, maigres avec une robe unie et simple, ou charnues, en lourde et brillante toilette.

Et leur souffle puissant, leur souffle continu épaissit l'air, le rend savoureux et alanguissant. Et la senteur plus pénétrante encore des orangers ouverts semble sucrer ce qu'on respire, en faire une friandise pour l'odorat[1].

La grande côte aux rochers bruns s'étend baignée par la Méditerranée immobile. Le pesant soleil d'été tombe en nappe de feu sur les montagnes, sur les longues berges de sable, sur la mer d'un bleu dur et figé. Le train va toujours, entre dans les tunnels pour traverser les caps, glisse sur les ondulations des collines, passe au-dessus de l'eau sur des corniches droites comme des murs ; et une douce, une vague odeur salée, une odeur d'algues qui sèchent se mêle parfois à la grande et troublante odeur des fleurs.

Mais Paul ne voyait rien, ne regardait rien, ne sentait rien. La voyageuse avait pris toute son attention.

À Cannes, ayant encore à me parler, il me fit signe de descendre de nouveau.

À peine sortis du wagon, il me prit le bras.

« Tu sais qu'elle est ravissante. Regarde ses yeux. Et ses cheveux, mon cher, je n'en ai jamais vu de pareils ! »

Je lui dis : « Allons, calme-toi ; ou bien, attaque si tu as des intentions. Elle ne m'a pas l'air imprenable, bien qu'elle paraisse un peu grognon. »

Il reprit : « Est-ce que tu ne pourrais pas lui parler, toi ? Moi, je ne trouve rien. Je suis d'une timidité stupide au début. Je n'ai jamais su aborder une femme dans la rue. Je les suis, je tourne autour, je m'approche, et jamais je ne découvre la phrase nécessaire. Une seule fois j'ai fait une tentative de conversation. Comme je voyais de la façon la plus évidente qu'on attendait mes ouvertures, et comme il fallait absolument dire quelque chose, je balbutiai : “Vous allez bien, madame ?” Elle me rit au nez, et je me suis sauvé. »

Je promis à Paul d'employer toute mon adresse pour amener une conversation, et, lorsque nous eûmes repris nos places, je demandai gracieusement à notre voisine : « Est-ce que la fumée de tabac vous gêne, madame ? »

Elle répondit : « *Non capisco* [1]. »

C'était une Italienne ! Une folle envie de rire me saisit. Paul ne sachant pas un mot de cette langue, je devais lui servir d'interprète. J'allais commencer mon rôle. Je prononçai, alors, en italien :

« Je vous demandais, madame, si la fumée du tabac vous gêne le moins du monde ? »

Elle me jeta d'un air furieux : « *Che mi fa !* »

Elle n'avait pas tourné la tête ni levé les yeux sur moi, et je demeurai fort perplexe, ne sachant si je devais prendre ce « qu'est-ce que ça me fait ! » pour une autorisation, pour un refus, pour une vraie marque d'indifférence ou pour un simple : « Laissez-moi tranquille. »

Je repris : « Madame, si l'odeur vous gêne le moins du monde... ? »

Elle répondit alors : « *Mica* [2] » avec une intonation qui équivalait à : « Fichez-moi la paix ! » C'était cependant une permission, et je dis à Paul : « Tu peux fumer. » Il me regardait avec ces yeux étonnés qu'on a quand on cherche à comprendre des gens qui parlent devant vous une langue étrangère. Et il demanda d'un air tout à fait drôle :

« Qu'est-ce que tu lui as dit ?

— Je lui ai demandé si nous pouvions fumer.

— Elle ne sait donc pas le français ?

— Pas un mot.

— Qu'a-t-elle répondu ?

— Qu'elle nous autorisait à faire tout ce qui nous plairait. »

Et j'allumai mon cigare.

Paul reprit : « C'est tout ce qu'elle a dit ?

— Mon cher, si tu avais compté ses paroles, tu aurais remarqué qu'elle en a prononcé juste six, dont deux pour me faire comprendre qu'elle n'entendait pas le français. Il en reste donc quatre. Or, en quatre mots, on ne peut vraiment exprimer une quantité de choses. »

Paul semblait tout à fait malheureux, désappointé, désorienté.

Mais soudain l'Italienne me demanda de ce même ton mécontent qui lui paraissait naturel : « Savez-vous à quelle heure nous arriverons à Gênes ? »

Je répondis : « À onze heures du soir, madame. » Puis, après une minute de silence, je repris : « Nous allons également à Gênes, mon ami et moi, et si nous pouvions, pendant le trajet, vous être bons à quelque chose, croyez que nous en serions très heureux. »

Comme elle ne répondait pas, j'insistai : « Vous êtes seule, et si vous aviez besoin de nos services... » Elle articula un nouveau « *mica* » si dur que je me tus brusquement.

Paul demande :

« Qu'est-ce qu'elle a dit ?

— Elle a dit qu'elle te trouvait charmant. »

Mais il n'était pas en humeur de plaisanterie ; et il me pria sèchement de ne point me moquer de lui. Alors, je traduisis et la question de la jeune femme et ma proposition galante si vertement repoussée.

Il était vraiment agité comme un écureuil en cage. Il dit: « Si nous pouvions savoir à quel hôtel elle descend, nous irions au même. Tâche donc de l'interroger adroitement, de faire naître une nouvelle occasion de lui parler. »

Ce n'était vraiment pas facile et je ne savais qu'inventer, désireux moi-même de faire connaissance avec cette personne difficile.

On passa Nice, Monaco, Menton, et le train s'arrêta à la frontière pour la visite des bagages.

Bien que j'aie en horreur les gens mal élevés qui déjeunent et dînent dans les wagons, j'allai acheter tout un chargement de provisions pour tenter un effort suprême sur la gourmandise de notre compagne. Je sentais bien que cette fille-là devait être, en temps ordinaire, d'abord aisé. Une contrariété quelconque la rendait irritable, mais il suffisait peut-être d'un rien, d'une envie éveillée, d'un mot, d'une offre bien faite pour la dérider, la décider et la conquérir.

On repartit. Nous étions toujours seuls tous les trois. J'étalai mes vivres sur la banquette, je découpai le poulet, je disposai élégamment les tranches de jambon sur un papier, puis j'arrangeai avec soin tout près de la jeune femme notre dessert: fraises, prunes, cerises, gâteaux et sucreries.

Quand elle vit que nous nous mettions à manger, elle tira à son tour d'un petit sac un morceau de chocolat et deux croissants et elle commença à croquer de ses belles dents aiguës le pain croustillant et la tablette.

Paul me dit à mi-voix:

« Invite-la donc !

— C'est bien mon intention, mon cher, mais le début n'est pas facile. »

Cependant elle regardait parfois du côté de nos provisions et je sentis bien qu'elle aurait encore faim une fois finis ses deux croissants. Je la laissai donc terminer son dîner frugal. Puis je lui demandai :

« Vous seriez tout à fait gracieuse, madame, si vous vouliez accepter un de ces fruits ? »

Elle répondit encore : « *mica !* » mais d'une voix moins méchante que dans le jour, et j'insistai : « Alors, voulez-vous me permettre de vous offrir un peu de vin. Je vois que vous n'avez rien bu. C'est du vin de votre pays, du vin d'Italie, et puisque nous sommes maintenant chez vous, il nous serait fort agréable de voir une jolie bouche italienne accepter l'offre des Français, ses voisins. »

Elle faisait « non » de la tête, doucement, avec la volonté de refuser, et avec le désir d'accepter, et elle prononça encore *mica*, mais un *mica* presque poli. Je pris la petite bouteille vêtue de paille à la mode italienne ; j'emplis un verre et je le lui présentai.

« Buvez, lui dis-je, ce sera notre bienvenue dans votre patrie. »

Elle prit le verre d'un air mécontent et le vida d'un seul trait, en femme que la soif torture, puis elle me le rendit sans dire merci !

Alors, je lui présentai les cerises : « Prenez, madame, je vous en prie. Vous voyez bien que vous nous faites grand plaisir. »

Elle regardait de son coin tous les fruits étalés à côté d'elle et elle prononça si vite que j'avais grand-peine à entendre : « *A me non piacciono ne le ciliegie ne le susine; amo soltanto le fragole.* »

« Qu'est-ce qu'elle dit ? demanda Paul aussitôt.

— Elle dit qu'elle n'aime ni les cerises ni les prunes, mais seulement les fraises. »

Et je posai sur ses genoux le journal plein de fraises des bois. Elle se mit aussitôt à les manger très vite, les saisissant du bout des doigts et les lançant, d'un peu loin, dans sa bouche qui s'ouvrait pour les recevoir d'une façon coquette et charmante.

Quand elle eut achevé le petit tas rouge que nous avions vu en quelques minutes diminuer, fondre, disparaître sous le mouvement vif de ses mains, je lui demandai : « Et maintenant, qu'est-ce que je peux vous offrir ? »

Elle répondit : « Je veux bien un peu de poulet. »

Et elle dévora certes la moitié de la volaille qu'elle dépeçait à grands coups de mâchoire avec des allures de carnivore. Puis elle se décida à prendre des cerises, qu'elle n'aimait pas, puis des prunes, puis des gâteaux, puis elle dit : « C'est assez », et elle se blottit dans son coin.

Je commençais à m'amuser beaucoup, et je voulus la faire manger encore, multipliant, pour la décider, les compliments et les offres. Mais elle redevint tout à coup furieuse et me jeta par la figure un « *Mica* » répété si terrible que je ne me hasardai plus à troubler sa digestion.

Je me tournai vers mon ami : « Mon pauvre Paul, je crois que nous en sommes pour nos frais. »

La nuit venait, une chaude nuit d'été qui descendait lentement, étendait ses ombres tièdes sur la terre brûlante et lasse. Au loin, de place en place, par la mer, des feux s'allumaient sur les caps, au sommet des promontoires, et des étoiles aussi commençaient à paraître à l'horizon obscurci, et je les confondais parfois avec les phares.

Le parfum des orangers devenait plus pénétrant ; on le respirait avec ivresse, en élargissant les poumons pour le boire profondément. Quelque chose de doux, de délicieux, de divin semblait flotter dans l'air embaumé.

Et tout d'un coup, j'aperçus sous les arbres, le long de la voie, dans l'ombre toute noire maintenant, quelque chose comme une pluie d'étoiles. On eût dit des gouttes de lumière sautillant, voletant, jouant et courant dans les feuilles, des petits astres tombés du ciel pour faire une partie sur la terre. C'étaient des lucioles, ces mouches ardentes dansant dans l'air parfumé un étrange ballet de feu.

Une d'elles, par hasard, entra dans notre wagon et se mit à vagabonder jetant sa lueur intermittente, éteinte aussitôt qu'allumée. Je couvris de son voile bleu notre quinquet et je regardais la mouche fantastique aller, venir, selon les caprices de son vol enflammé. Elle se posa, tout à coup, dans les cheveux noirs de notre voisine assoupie après dîner. Et Paul demeurait en extase, les yeux fixés sur ce point brillant qui scintillait, comme un bijou vivant sur le front de la femme endormie.

L'Italienne se réveilla vers dix heures trois quarts, portant toujours dans sa coiffure la petite bête allumée. Je dis, en la voyant remuer : « Nous arrivons à Gênes, madame. » Elle murmura, sans me répondre, comme obsédée par une pensée fixe et gênante : « Qu'est-ce que je vais faire maintenant ? »

Puis, tout d'un coup, elle me demanda :

« Voulez-vous que je vienne avec vous ? »

Je demeurai tellement stupéfait que je ne comprenais pas.

« Comment, avec nous ? Que voulez-vous dire ? »

Elle répéta, d'un air de plus en plus furieux :

« Voulez-vous que j'aille avec vous tout de suite ?

— Je veux bien, moi ; mais où désirez-vous aller ? Où voulez-vous que je vous conduise ? »

Elle haussa les épaules avec une indifférence souveraine.

« Où vous voudrez ! Ça m'est égal. »

Elle répéta deux fois : « *Che mi fa ?* »

« Mais, c'est que nous allons à l'hôtel ? »

Elle dit du ton le plus méprisant : « Eh bien ! allons à l'hôtel. »

Je me tournai vers Paul, et je prononçai :

« Elle demande si nous voulons qu'elle vienne avec nous. »

La surprise affolée de mon ami me fit reprendre mon sang-froid. Il balbutia :

« Avec nous ? Où ça ? Pourquoi ? Comment ?

— Je n'en sais rien, moi ? Elle vient de me faire cette étrange proposition du ton le plus irrité. J'ai répondu que nous allions à l'hôtel ; elle a répliqué : "Eh bien, allons à l'hôtel !" Elle ne doit pas avoir le sou. C'est égal, elle a une singulière manière de faire connaissance. »

Paul, agité et frémissant, s'écria : « Mais certes oui, je veux bien, dis-lui que nous l'emmenons où il lui plaira. » Puis il hésita une seconde et reprit d'une voix inquiète : « Seulement il faudrait savoir avec qui elle vient ? Est-ce avec toi ou avec moi ? »

Je me tournai vers l'Italienne qui ne semblait même pas nous écouter, retombée dans sa complète insouciance et je lui dis : « Nous serons très heureux, madame, de vous emmener avec nous. Seulement mon ami désirerait savoir si c'est mon bras ou le sien que vous voulez prendre comme appui ? »

Elle ouvrit sur moi ses grands yeux noirs et répondit avec une vague surprise : « *Che mi fa ?* »

Je m'expliquai : « On appelle en Italie, je crois, l'ami qui prend soin de tous les désirs d'une femme, qui s'occupe de toutes ses volontés et satisfait tous ses caprices, un *patito* [1]. Lequel de nous deux voulez-vous pour votre patito ? »

Elle répondit sans hésiter : « Vous ! »

Je me retournai vers Paul : « C'est moi qu'elle choisit, mon cher, tu n'as pas de chance. »

Il déclara, d'un air rageur : « Tant mieux pour toi. »

Puis, après avoir réfléchi quelques minutes : « Est-ce que tu tiens à emmener cette grue-là ? Elle va nous faire rater notre voyage. Que veux-tu que nous fassions de cette femme qui a l'air de je ne sais quoi ? On ne va seulement pas nous recevoir dans un hôtel comme il faut ! »

Mais je commençais justement à trouver l'Italienne beaucoup mieux que je ne l'avais jugée d'abord ; et je tenais, oui, je tenais à l'emmener maintenant. J'étais même ravi de cette pensée, et je sentais déjà ces petits frissons d'attente que la perspective d'une nuit d'amour vous fait passer dans les veines.

Je répondis : « Mon cher, nous avons accepté. Il est trop tard pour reculer. Tu as été le premier à me conseiller de répondre : Oui. »

Il grommela : « C'est stupide ! Enfin, fais comme tu voudras. »

Le train sifflait, ralentissait ; on arriva.

Je descendis du wagon, puis je tendis la main a ma nouvelle compagne. Elle sauta lestement à terre, et je lui offris mon bras qu'elle eut l'air de prendre avec répugnance. Une fois les bagages reconnus et réclamés, nous voilà partis à travers la ville. Paul marchait en silence, d'un pas nerveux.

Je lui dis : « Dans quel hôtel allons-nous descendre ? Il est peut-être difficile d'aller à la *Cité de Paris* avec une femme, surtout avec cette Italienne. »

Paul m'interrompit : « Oui, avec une Italienne qui a plutôt l'air d'une fille que d'une duchesse. Enfin, cela ne me regarde pas. Agis à ton gré ! »

Je demeurais perplexe. J'avais écrit à la *Cité de Paris* pour retenir notre appartement... et maintenant... je ne savais plus à quoi me décider.

Deux commissionnaires nous suivaient avec les malles. Je repris : « Tu devrais bien aller en avant. Tu dirais que nous arrivons. Tu laisserais, en outre, entendre au patron que je suis avec une... amie, et que nous désirons un appartement tout à fait séparé pour nous trois, afin de ne pas nous mêler aux autres voyageurs. Il comprendra, et nous nous déciderons d'après sa réponse. »

Mais Paul grommela : « Merci, ces commissions et ce rôle ne me vont guère. Je ne suis pas venu ici pour préparer tes appartements et tes plaisirs. »

Mais j'insistai : « Voyons, mon cher, ne te fâche pas. Il vaut mieux assurément descendre dans un bon hôtel que dans un mauvais, et ce n'est pas bien difficile d'aller demander au patron trois chambres séparées, avec salle à manger. »

J'appuyai sur trois, ce qui le décida.

Il prit donc les devants et je le vis entrer sous la grande porte d'un bel hôtel pendant que je demeurais de l'autre côté de la rue, traînant mon Italienne muette, et suivi pas à pas par les porteurs de colis.

Paul enfin revint, avec un visage aussi maussade que celui de ma compagne : « C'est fait, dit-il, on nous accepte ; mais il n'y a que deux chambres. Tu t'arrangeras comme tu pourras. »

Et je le suivis, honteux d'entrer en cette compagnie suspecte.

Nous avions deux chambres en effet, séparées par un petit salon. Je priai qu'on nous apportât un souper froid, puis je me tournai, un peu perplexe, vers l'Italienne.

« Nous n'avons pu nous procurer que deux chambres, madame, vous choisirez celle que vous voudrez. »

Elle répondit par un éternel : « *Che mi fa ?* » Alors je pris, par terre, sa petite caisse de bois noir, une vraie malle de domestique, et je la portai dans l'appartement de droite que je choisis pour elle... pour nous. Une main française avait écrit sur un carré de papier collé : « Mademoiselle Francesca Rondoli, Gênes. »

Je demandai : « Vous vous appelez Francesca ? »

Elle fit « oui » de la tête, sans répondre.

Je repris : « Nous allons souper tout à l'heure.

En attendant, vous avez peut-être envie de faire votre toilette ? »

Elle répondit par un *mica*, mot aussi fréquent dans sa bouche que le *che mi fa*. J'insistai : « Après un voyage en chemin de fer, il est si agréable de se nettoyer. »

Puis je pensai qu'elle n'avait peut-être pas les objets indispensables à une femme, car elle me paraissait assurément dans une situation singulière, comme au sortir de quelque aventure désagréable, et j'apportai mon nécessaire.

J'atteignis tous les petits instruments de propreté qu'il contenait : une brosse à ongles, une brosse à dents neuve — car j'en emporte toujours avec moi un assortiment —, mes ciseaux, mes limes, des éponges. Je débouchai un flacon d'eau de Cologne, un flacon d'eau de lavande ambrée, un petit flacon de newmownhay[1], pour lui laisser le choix. J'ouvris ma boîte à poudre de riz[2] où baignait la houppe légère. Je plaçai une de mes serviettes fines à cheval sur le pot à eau et je posai un savon vierge auprès de la cuvette.

Elle suivait mes mouvements de son œil large et fâché, sans paraître étonnée ni satisfaite de mes soins.

Je lui dis : « Voilà tout ce qu'il vous faut, je vous préviendrai quand le souper sera prêt. »

Et je rentrai dans le salon. Paul avait pris possession de l'autre chambre et s'était enfermé dedans, je restai donc seul à attendre.

Un garçon allait et venait, apportant les assiettes, les verres. Il mit la table lentement, puis posa dessus un poulet froid et m'annonça que j'étais servi.

Je frappai doucement à la porte de Mlle Rondoli. Elle cria : « Entrez. » J'entrai. Une suffocante odeur de parfumerie me saisit, cette odeur violente, épaisse, des boutiques de coiffeurs.

L'Italienne était assise sur sa malle dans une pose de songeuse mécontente ou de bonne renvoyée. J'appréciai d'un coup d'œil ce qu'elle entendait par faire sa toilette. La serviette était restée pliée sur le pot à eau toujours plein. Le savon intact et sec demeurait auprès de la cuvette vide ; mais on eût dit que la jeune femme avait bu la moitié des flacons d'essence. L'eau de Cologne cependant avait été ménagée ; il ne manquait environ qu'un tiers de la bouteille ; elle avait fait, par compensation, une surprenante consommation d'eau de lavande ambrée et de newmownhay. Un nuage de poudre de riz, un vague brouillard blanc semblait encore flotter dans l'air, tant elle s'en était barbouillé le visage et le cou. Elle en portait une sorte de neige dans les cils, dans les sourcils et sur les tempes, tandis que ses joues en étaient plâtrées et qu'on en voyait des couches profondes dans tous les creux de son visage, sur les ailes du nez, dans la fossette du menton, aux coins des yeux.

Quand elle se leva, elle répandit une odeur si violente que j'eus une sensation de migraine.

Et on se mit à table pour souper. Paul était devenu d'une humeur exécrable. Je n'en pouvais tirer que des paroles de blâme, des appréciations irritées ou des compliments désagréables.

Mlle Francesca mangeait comme un gouffre. Dès qu'elle eut achevé son repas, elle s'assoupit sur le canapé. Cependant, je voyais venir avec inquiétude l'heure décisive de la répartition des logements. Je me résolus à brusquer les choses, et m'asseyant auprès de l'Italienne, je lui baisai la main avec galanterie.

Elle entrouvrit ses yeux fatigués, me jeta entre ses paupières soulevées un regard endormi et toujours mécontent.

Je lui dis : « Puisque nous n'avons que deux chambres, voulez-vous me permettre d'aller avec vous dans la vôtre ? »

Elle répondit : « Faites comme vous voudrez. Ça m'est égal. — *Che mi fa ?* »

Cette indifférence me blessa : « Alors, ça ne vous est pas désagréable que j'aille avec vous ?

— Ça m'est égal, faites comme vous voudrez.

— Voulez-vous vous coucher tout de suite ?

— Oui, je veux bien ; j'ai sommeil. »

Elle se leva, bâilla, tendit la main à Paul qui la prit d'un air furieux, et je l'éclairai dans notre appartement.

Mais une inquiétude me hantait : « Voici, lui dis-je de nouveau, tout ce qu'il vous faut. »

Et j'eus soin de verser moi-même la moitié du pot à eau dans la cuvette et de placer la serviette près du savon.

Puis je retournai vers Paul. Il déclara dès que je fus rentré : « Tu as amené là un joli chameau ! » Je répliquai en riant : « Mon cher, ne dis pas de mal des raisins trop verts[1]. »

Il reprit, avec une méchanceté sournoise :

« Tu verras s'il t'en cuira, mon bon. »

Je tressaillis, et cette peur harcelante qui nous poursuit après les amours suspectes, cette peur qui nous gâte les rencontres charmantes, les caresses imprévues, tous les baisers cueillis à l'aventure, me saisit. Je fis le brave cependant : « Allons donc, cette fille-là n'est pas une rouleuse. »

Mais il me tenait, le gredin ! Il avait vu sur mon visage passer l'ombre de mon inquiétude : « Avec ça que tu la connais ? Je te trouve surprenant ! Tu cueilles dans un wagon une Italienne qui voyage seule ; elle t'offre avec un cynisme vraiment singulier d'aller coucher avec toi dans le premier hôtel venu. Tu l'emmènes. Et tu prétends que ce n'est pas une fille ! Et tu te persuades que tu ne cours pas plus de danger ce soir que si tu allais passer la nuit dans le lit d'une... d'une femme atteinte de petite vérole[1]. »

Et il riait de son rire mauvais et vexé. Je m'assis, torturé d'angoisse. Qu'allais-je faire ? Car il avait raison. Et un combat terrible se livrait en moi entre la crainte et le désir.

Il reprit : « Fais ce que tu voudras, je t'aurai prévenu ; tu ne te plaindras point des suites. »

Mais je vis dans son œil une gaieté si ironique, un tel plaisir de vengeance ; il se moquait si gaillardement de moi que je n'hésitai plus. Je lui tendis la main. « Bonsoir, lui dis-je.

À vaincre sans péril, on triomphe sans gloire[2].

« Et, ma foi, mon cher, la victoire vaut le danger. »

Et j'entrai d'un pas ferme dans la chambre de Francesca.

Je demeurai sur la porte, surpris, émerveillé. Elle dormait déjà, toute nue, sur le lit. Le sommeil l'avait surprise comme elle venait de se dévêtir ; et elle reposait dans la pose charmante de la grande femme du Titien[1].

Elle semblait s'être couchée par lassitude, pour ôter ses bas, car ils étaient restés sur le drap ; puis elle avait pensé à quelque chose, sans doute à quelque chose d'agréable, car elle avait attendu un peu avant de se relever, pour laisser s'achever sa rêverie, puis, fermant doucement les yeux, elle avait perdu connaissance. Une chemise de nuit, brodée au col, achetée toute faite dans un magasin de confection, luxe de débutante, gisait sur une chaise.

Elle était charmante, jeune, ferme et fraîche.

Quoi de plus joli qu'une femme endormie ? Ce corps, dont tous les contours sont doux, dont toutes les courbes séduisent, dont toutes les molles saillies troublent le cœur, semble fait pour l'immobilité du lit. Cette ligne onduleuse qui se creuse au flanc, se soulève à la hanche, puis descend la pente légère et gracieuse de la jambe pour finir si coquettement au bout du pied ne se dessine vraiment, avec tout son charme exquis, qu'allongée sur les draps d'une couche.

J'allais oublier, en une seconde, les conseils prudents de mon camarade ; mais soudain, m'étant tourné vers la toilette, je vis toutes choses dans l'état où je les avais laissées ; et je m'assis, tout à fait anxieux, torturé par l'irrésolution.

Certes, je suis resté là longtemps, fort longtemps, une heure peut-être, sans me décider à rien, ni à l'audace ni à la fuite. La retraite d'ailleurs m'était impossible, et il me fallait soit passer la nuit sur un siège, soit me coucher à mon tour, à mes risques et périls.

Quant à dormir ici ou là, je n'y devais pas songer, j'avais la tête trop agitée, et les yeux trop occupés.

Je remuais sans cesse, vibrant, enfiévré, mal à l'aise, énervé à l'excès. Puis je me fis un raisonnement de capitulard : « Ça ne m'engage à rien de me coucher. Je serai toujours mieux, pour me reposer, sur un matelas que sur une chaise. »

Et je me déshabillai lentement ; puis, passant par-dessus la dormeuse, je m'étendis contre la muraille, en offrant le dos à la tentation.

Et je demeurai encore longtemps, fort longtemps sans dormir.

Mais tout à coup, ma voisine se réveilla. Elle ouvrit des yeux étonnés et toujours mécontents, puis s'étant aperçue qu'elle était nue, elle se leva et passa tranquillement sa chemise de nuit, avec autant d'indifférence que si je n'avais pas été là.

Alors... ma foi... je profitai de la circonstance sans qu'elle parût d'ailleurs s'en soucier le moins du monde. Et elle se rendormit placidement, la tête posée sur son bras droit.

Et je me mis à méditer sur l'imprudence et la faiblesse humaines. Puis je m'assoupis enfin.

Elle s'habilla de bonne heure, en femme habituée aux travaux du matin. Le mouvement qu'elle fit en se levant m'éveilla ; et je la guettai entre mes paupières à demi closes.

Elle allait, venait, sans se presser, comme étonnée de n'avoir rien à faire. Puis elle se décida à se rapprocher de la table de toilette et elle vida, en une minute, tout ce qui restait de parfums dans les flacons. Elle usa aussi de l'eau, il est vrai, mais peu.

Puis quand elle se fut complètement vêtue, elle se rassit sur sa malle, et, un genou dans ses mains, elle demeura songeuse.

Je fis alors semblant de l'apercevoir et je dis : « Bonjour, Francesca. »

Elle grommela, sans paraître plus gracieuse que la veille : « Bonjour. »

Je demandai : « Avez-vous bien dormi ? »

Elle fit oui de la tête sans répondre ; et sautant à terre, je m'avançai pour l'embrasser.

Elle me tendit son visage d'un mouvement ennuyé d'enfant qu'on caresse malgré lui. Je la pris alors tendrement dans mes bras (le vin étant tiré, j'eus été bien sot de n'en plus boire) et je posai lentement mes lèvres sur ses grands yeux fâchés qu'elle fermait, avec ennui, sous mes baisers, sur ses joues claires, sur ses lèvres charnues qu'elle détournait.

Je lui dis : « Vous n'aimez donc pas qu'on vous embrasse ? »

Elle répondit : « *Mica.* »

Je m'assis sur la malle à côté d'elle, et passant mon bras sous le sien : « *Mica ! mica ! mica !* pour tout. Je vous appellerai plus que Mlle Mica. »

Pour la première fois, je crus voir sur sa bouche une ombre de sourire, mais il passa si vite que j'ai bien pu me tromper.

« Mais si vous répondez toujours *mica* je ne saurai plus quoi tenter pour vous plaire. Voyons, aujourd'hui, qu'est-ce que nous allons faire ? »

Elle hésita comme si une apparence de désir eût traversé sa tête, puis elle prononça nonchalamment: «Ça m'est égal, ce que vous voudrez.

— Eh bien, mademoiselle Mica, nous prendrons une voiture et nous irons nous promener.»

Elle murmura: «Comme vous voudrez.»

Paul nous attendait dans la salle à manger avec la mine ennuyée des tiers dans les affaires d'amour. J'affectai une figure ravie et je lui serrai la main avec une énergie pleine d'aveux triomphants.

Il demanda: «Qu'est-ce que tu comptes faire?»

Je répondis: «Mais nous allons d'abord parcourir un peu la ville, puis nous pourrons prendre une voiture pour voir quelque coin des environs.»

Le déjeuner fut silencieux, puis on partit, par les rues, pour la visite des musées. Je traînai à mon bras Francesca de palais en palais. Nous parcourûmes le palais Spinola, le palais Doria, le palais Marcello Durazzo, le palais Rouge et le palais Blanc[1]. Elle ne regardait rien ou bien levait parfois sur les chefs-d'œuvre son œil las et nonchalant. Paul, exaspéré, nous suivait en grommelant des choses désagréables. Puis une voiture nous promena par la campagne, muets tous les trois.

Puis on rentra pour dîner.

Et le lendemain ce fut la même chose, et le lendemain encore.

Paul, le troisième jour me dit: «Tu sais, je te lâche, moi, je ne vais pas rester trois semaines à te regarder faire l'amour avec cette grue-là!»

Je demeurais fort perplexe, fort gêné, car, à ma grande surprise, je m'étais attaché à Francesca d'une façon singulière. L'homme est faible et bête entraînable pour un rien, et lâche toutes les fois que ses sens sont excités ou domptés. Je tenais à cette fille que je ne connaissais point, à cette fille taciturne et toujours mécontente. J'aimais sa figure grogneuse, la moue de sa bouche, l'ennui de son regard ; j'aimais ses gestes fatigués, ses consentements méprisants, jusqu'à l'indifférence de sa caresse. Un lien secret, ce lien mystérieux de l'amour bestial, cette attache secrète de la possession qui ne rassasie pas, me retenait près d'elle. Je le dis à Paul, tout franchement. Il me traita d'imbécile, puis me dit : « Eh bien, emmène-la. »

Mais elle refusa obstinément de quitter Gênes, sans vouloir expliquer pourquoi. J'employai les prières, les raisonnements, les promesses ; rien n'y fit.

Et je restai.

Paul déclara qu'il allait partir tout seul. Il fit même sa malle, mais il resta également.

Et quinze jours se passèrent encore.

Francesca, toujours silencieuse et d'humeur irritée, vivait à mon côté plutôt qu'avec moi, répondant à tous mes désirs, à toutes mes demandes, à toutes mes propositions par son éternel *che mi fa* ou par son non moins éternel *mica*.

Mon ami ne dérageait plus. À toutes ses colères je répondais : « Tu peux t'en aller si tu t'ennuies. Je ne te retiens pas. »

Alors il m'injuriait, m'accablait de reproches, s'écriait : « Mais où veux-tu que j'aille maintenant ? Nous pouvions disposer de trois semaines, et voilà quinze jours passés ! Ce n'est pas à présent que je peux continuer ce voyage ! Et puis, comme si j'allais partir tout seul pour Venise, Florence et

Rome ! Mais tu me le paieras, et plus que tu ne penses. On ne fait pas venir un homme de Paris pour l'enfermer dans un hôtel de Gênes avec une rouleuse italienne ! »

Je lui disais tranquillement : « Eh bien, retourne à Paris, alors. » Et il vociférait : « C'est ce que je vais faire, et pas plus tard que demain. »

Mais le lendemain il restait comme la veille, toujours furieux et jurant.

On nous connaissait maintenant par les rues, où nous errions du matin au soir, par les rues étroites et sans trottoirs de cette ville qui ressemble à un immense labyrinthe de pierre, percé de corridors pareils à des souterrains. Nous allions dans ces passages où soufflent de furieux courants d'air, dans ces traverses resserrées entre des murailles si hautes que l'on voit à peine le ciel[1]. Des Français parfois se retournaient, étonnés de reconnaître des compatriotes en compagnie de cette fille ennuyée aux toilettes voyantes, dont l'allure vraiment semblait singulière, déplacée entre nous, compromettante.

Elle allait appuyée à mon bras, ne regardant rien. Pourquoi restait-elle avec moi, avec nous, qui paraissions lui donner si peu d'agrément ? Qui était-elle ? D'où venait-elle ? Que faisait-elle ? Avait-elle un projet, une idée ? Ou bien vivait-elle, à l'aventure, de rencontres et de hasards ? Je cherchais en vain à la comprendre, à la pénétrer, à l'expliquer. Plus je la connaissais, plus elle m'étonnait, m'apparaissait comme une énigme. Certes, elle n'était point une drôlesse, faisant profession de l'amour. Elle me paraissait plutôt quelque fille de pauvres gens, séduite, emmenée, puis lâchée, et perdue maintenant. Mais que comptait-elle devenir ? Qu'attendait-elle ? car elle ne semblait nullement s'efforcer de me conquérir ou de tirer de moi quelque profit bien réel.

J'essayai de l'interroger, de lui parler de son enfance, de sa famille. Elle ne me répondit pas. Et je demeurais avec elle, le cœur libre et la chair tenaillée, nullement las de la tenir en mes bras, cette femelle hargneuse et superbe, accouplé comme une bête, pris par les sens ou plutôt séduit, vaincu par une sorte de charme sensuel, un charme jeune, sain, puissant qui se dégageait d'elle, de sa peau savoureuse, des lignes robustes de son corps.

Huit jours encore s'écoulèrent. Le terme de mon voyage approchait, car je devais être rentré à Paris le 11 juillet. Paul, maintenant, prenait à peu près son parti de l'aventure, tout en m'injuriant toujours. Quant à moi, j'inventais des plaisirs, des distractions, des promenades pour amuser ma maîtresse et mon ami ; je me donnais un mal infini.

Un jour, je leur proposai une excursion à Santa Margarita[1]. La petite ville charmante, au milieu de jardins, se cache au pied d'une côte qui s'avance au loin dans la mer jusqu'au village de Portofino. Nous suivions tous trois l'admirable route qui court le long de la montagne. Francesca soudain me dit : « Demain, je ne pourrai pas me promener avec vous. J'irai voir mes parents. »

Puis elle se tut. Je ne l'interrogeai pas, sûr qu'elle ne me répondrait point.

Elle se leva, en effet, le lendemain, de très bonne heure. Puis, comme je restais couché, elle s'assit sur le pied de mon lit, et prononça, d'un air gêné, contrarié, hésitant : « Si je ne suis pas revenue ce soir, est-ce que vous viendrez me chercher ? »

Je répondis : « Mais oui, certainement. Où faut-il aller ? »

Elle m'expliqua : « Vous irez dans la rue Victor-Emmanuel, puis vous prendrez le passage Falcone et la traverse Saint-Raphaël, vous entrerez dans la maison du marchand de mobilier, dans la cour, tout au fond, dans le bâtiment qui est à droite, et vous demanderez Mme Rondoli. C'est là. »

Et elle partit. Je demeurai fort surpris.

En me voyant seul, Paul stupéfait, balbutia : « Où donc est Francesca ? » Et je lui racontai ce qui venait de se passer.

Il s'écria : « Eh bien, mon cher, profite de l'occasion et filons. Aussi bien voilà notre temps fini. Deux jours de plus ou de moins ne changent rien. En route, en route, fais ta malle. En route ! »

Je refusai : « Mais non, mon cher, je ne puis vraiment lâcher cette fille d'une pareille façon, après être resté près de trois semaines avec elle. Il faut que je lui dise adieu, que je lui fasse accepter quelque chose ; non, je me conduirais là comme un saligaud. »

Mais il ne voulait rien entendre, il me pressait, me harcelait. Cependant, je ne cédai pas.

Je ne sortis point de la journée, attendant le retour de Francesca. Elle ne revint point.

Le soir, au dîner, Paul triomphait : « C'est elle qui t'a lâché, mon cher. Ça, c'est drôle, c'est bien drôle. »

J'étais étonné, je l'avoue, et un peu vexé. Il me riait au nez, me raillait : « Le moyen n'est pas mauvais, d'ailleurs, bien que primitif : "Attendez-moi, je reviens." Est-ce que tu vas l'attendre longtemps ? Qui sait ? Tu auras peut-être la naïveté d'aller la chercher à l'adresse indiquée : "Mme Rondoli, s'il vous plaît ? — Ce n'est pas ici, monsieur." Je parie que tu as envie d'y aller ? »

Je protestai : « Mais non, mon cher, et je t'assure que si elle n'est pas revenue demain matin, je pars à huit heures par l'express. Je serai resté vingt-quatre heures. C'est assez ; ma conscience sera tranquille. »

Je passai toute la soirée dans l'inquiétude, un peu triste, un peu nerveux. J'avais vraiment au cœur quelque chose pour elle. À minuit je me couchai. Je dormis à peine.

J'étais debout à six heures. Je réveillai Paul, je fis ma malle, et nous prenions ensemble, deux heures plus tard, le train pour la France.

III

Or, il arriva que l'année suivante, juste à la même époque, je fus saisi, comme on l'est par une fièvre périodique, d'un nouveau désir de voir l'Italie. Je me décidai tout de suite à entreprendre ce voyage, car la visite de Florence, Venise et Rome fait partie assurément de l'éducation d'un homme bien élevé. Cela donne d'ailleurs dans le monde une multitude de sujets de conversation et permet de débiter des banalités artistiques qui semblent toujours profondes.

Je partis seul cette fois, et j'arrivai à Gênes à la même heure que l'année précédente, mais sans aucune aventure de voyage. J'allai coucher au même hôtel ; et j'eus par hasard la même chambre !

Mais à peine entré dans ce lit, voilà que le souvenir de Francesca, qui, depuis la veille d'ailleurs, flottait vaguement dans ma pensée, me hanta avec une persistance étrange.

Connaissez-vous cette obsession d'une femme longtemps après, quand on retourne aux lieux où on l'a aimée et possédée ?

C'est là une des sensations les plus violentes et les plus pénibles que je connaisse. Il semble qu'on va la voir entrer, sourire, ouvrir les bras. Son image, fuyante et précise, est devant vous, passe, revient et disparaît. Elle vous torture comme un cauchemar, vous tient, vous emplit le cœur, vous émeut les sens par sa présence irréelle. L'œil l'aperçoit ; l'odeur de son parfum vous poursuit ; on a sur les lèvres le goût de ses baisers, et la caresse de sa chair sur la peau[1]. On est seul cependant, on le sait, on souffre du trouble singulier de ce fantôme évoqué. Et une tristesse lourde, navrante vous enveloppe. Il semble qu'on vient d'être abandonné pour toujours. Tous les objets prennent une signification désolante, jettent à l'âme, au cœur, une impression horrible d'isolement, de délaissement. Oh ! ne revoyez jamais la ville, la maison, la chambre, le bois, le jardin, le banc où vous avez tenu dans vos bras une femme aimée !

Enfin, pendant toute la nuit, je fus poursuivi

par le souvenir de Francesca ; et, peu à peu, le désir de la revoir entrait en moi, un désir confus d'abord, puis plus vif, puis aigu, brûlant. Et je me décidai à passer à Gênes la journée du lendemain, pour tâcher de la retrouver. Si je n'y parvenais point, je prendrais le train du soir.

Donc, le matin venu, je me mis à sa recherche. Je me rappelais parfaitement le renseignement qu'elle m'avait donné en me quittant : « Rue Victor-Emmanuel, — passage Falcone, — traverse Saint-Raphaël, — maison du marchand de mobilier, — au fond de la cour, le bâtiment à droite. »

Je trouvai tout cela non sans peine, et je frappai a la porte d'une sorte de pavillon délabré. Une grosse femme vint ouvrir, qui avait dû être fort belle, et qui n'était plus que fort sale. Trop grasse, elle gardait cependant une majesté de lignes remarquable. Ses cheveux dépeignés tombaient par mèches sur son front et sur ses épaules, et on voyait flotter, dans une vaste robe de chambre criblée de taches, tout son gros corps ballottant. Elle avait au cou un énorme collier doré, et, aux deux poignets, de superbes bracelets en filigrane de Gênes.

Elle demanda d'un air hostile : « Qu'est-ce que vous désirez ? »

Je répondis : « N'est-ce pas ici que demeure Mlle Francesca Rondoli ?

— Qu'est-ce que vous lui voulez ?

— J'ai eu le plaisir de la rencontrer l'année dernière, et j'aurais désiré la revoir. »

La vieille femme me fouillait de son œil méfiant : « Dites-moi où vous l'avez rencontrée ?

— Mais, ici même, à Gênes !

— Comment vous appelez-vous ?

J'hésitai une seconde, puis je dis mon nom. Je l'avais à peine prononcé que l'Italienne leva les bras comme pour m'embrasser : « Ah ! vous êtes le Français ; que je suis contente de vous voir ! Que je suis contente ! Mais, comme vous lui avez fait de la peine à la pauvre enfant. Elle vous a attendu un mois, monsieur, oui, un mois. Le premier jour, elle croyait que vous alliez venir la chercher. Elle voulait voir si vous l'aimiez ! Si vous saviez comme elle a pleuré quand elle a compris que vous ne viendriez pas. Oui, monsieur, elle a pleuré toutes ses larmes. Et puis, elle a été à l'hôtel. Vous étiez parti. Alors, elle a cru que vous faisiez votre voyage en Italie, et que vous alliez encore passer par Gênes, et que vous la chercheriez en retournant puisqu'elle n'avait pas voulu aller avec vous. Et elle a attendu, oui, monsieur, plus d'un mois ; et elle était bien triste, allez, bien triste. Je suis sa mère ! »

Je me sentis vraiment un peu déconcerté. Je repris cependant mon assurance et je demandai : « Est-ce qu'elle est ici en ce moment ?

— Non, monsieur, elle est à Paris, avec un peintre, un garçon charmant qui l'aime, monsieur, qui l'aime d'un grand amour et qui lui donne tout ce qu'elle veut. Tenez, regardez ce qu'elle m'envoie, à moi, sa mère. C'est gentil, n'est-ce pas ? »

Et elle me montrait, avec une animation toute méridionale, les gros bracelets de ses bras et le lourd collier de son cou. Elle reprit : « J'ai aussi deux boucles d'oreilles avec des pierres, et une robe de soie et des bagues ; mais je ne les porte pas le matin, je les mets seulement sur le tantôt, quand je m'habille en toilette. Oh! elle est très heureuse, monsieur, très heureuse. Comme elle sera contente quand je lui écrirai que vous êtes venu! Mais entrez, monsieur, asseyez-vous. Vous prendrez bien quelque chose, entrez.»

Je refusais, voulant partir maintenant par le premier train. Mais elle m'avait saisi le bras et m'attirait en répétant: «Entrez donc, monsieur, il faut que je lui dise que vous êtes venu chez nous.»

Et je pénétrai dans une petite salle assez obscure, meublée d'une table et de quelques chaises.

Elle reprit: «Oh! elle est très heureuse à présent, très heureuse. Quand vous l'avez rencontrée dans le chemin de fer, elle avait un gros chagrin. Son bon ami l'avait quittée à Marseille. Et elle revenait, la pauvre enfant. Elle vous a bien aimé tout de suite, mais elle était encore un peu triste, vous comprenez. Maintenant, rien ne lui manque; elle m'écrit tout ce qu'elle fait. Il s'appelle M. Bellemin. On dit que c'est un grand peintre chez vous. Il l'a rencontrée en passant ici, dans la rue, oui, monsieur, dans la rue, et il l'a aimée tout de suite. Mais, vous boirez bien un verre de sirop? Il est très bon. Est-ce que vous êtes tout seul cette année?»

Je répondis: «Oui, je suis tout seul.»

Je me sentais gagné maintenant par une envie de rire qui grandissait, mon premier désappointement s'envolant devant les déclarations de Mme Rondoli mère. Il me fallut boire un verre de sirop.

Elle continuait: «Comment, vous êtes tout seul? Oh! que je suis fâchée alors que Francesca ne soit plus ici; elle vous aurait tenu compagnie le temps que vous allez rester dans la ville. Ce n'est pas gai de se promener tout seul ; et elle le regrettera bien de son côté. »

Puis, comme je me levais, elle s'écria : « Mais si vous voulez que Carlotta aille avec vous ; elle connaît très bien les promenades. C'est mon autre fille, monsieur, la seconde. »

Elle prit sans doute ma stupéfaction pour un consentement, et se précipitant sur la porte intérieure, elle l'ouvrit et cria dans le noir d'un escalier invisible : « Carlotta ! Carlotta ! descends vite, viens tout de suite, ma fille chérie. »

Je voulus protester ; elle ne me le permit pas : « Non, elle vous tiendra compagnie ; elle est très douce, et bien plus gaie que l'autre ; c'est une bonne fille, une très bonne fille que j'aime beaucoup. »

J'entendais sur les marches un bruit de semelles de savates ; et une grande fille parut, brune, mince et jolie, mais dépeignée aussi, et laissant deviner, sous une vieille robe de sa mère, son corps jeune et svelte.

Mme Rondoli la mit aussitôt au courant de ma situation : « C'est le Français de Francesca, celui de l'an dernier, tu sais bien. Il venait la chercher ; il est tout seul, ce pauvre monsieur. Alors, je lui ai dit que tu irais avec lui pour lui tenir compagnie. »

Carlotta me regardait de ses beaux yeux bruns ; et elle murmura en se mettant à sourire : « S'il veut, je veux bien, moi. »

Comment aurais-je pu refuser ? Je déclarai : « Mais certainement que je veux bien. »

Alors, Mme Rondoli la poussa dehors : « Va

t'habiller, bien vite, bien vite, tu mettras ta robe bleue et ton chapeau à fleurs, dépêche-toi. »

Dès que sa fille fut sortie, elle m'expliqua : « J'en ai encore deux autres, mais plus petites. Ça coûte cher, allez, d'élever quatre enfants ! Heureusement que l'aînée est tirée d'affaire à présent. »

Et puis elle me parla de sa vie, de son mari qui était mort employé du chemin de fer, et de toutes les qualités de sa seconde fille Carlotta.

Celle-ci revint, vêtue dans le goût de l'aînée, d'une robe voyante et singulière.

Sa mère l'examina de la tête aux pieds, la jugea bien à son gré, et nous dit : « Allez, maintenant, mes enfants. »

Puis, s'adressant à sa fille : « Surtout, ne rentre pas plus tard que dix heures, ce soir ; tu sais que la porte est fermée. »

Carlotta répondit : « Ne crains rien, maman. »

Elle prit mon bras, et me voilà errant avec elle par les rues comme avec sa sœur, l'année d'avant.

Je revins à l'hôtel pour déjeuner, puis j'emmenai ma nouvelle amie à Santa Margarita, refaisant la dernière promenade que j'avais faite avec Francesca.

Et, le soir, elle ne rentra pas, bien que la porte dût être fermée après dix heures.

Et pendant les quinze jours dont je pouvais disposer, je promenai Carlotta dans les environs de Gênes. Elle ne me fit pas regretter l'autre.

Je la quittai tout en larmes, le matin de mon départ, en lui laissant, avec un souvenir pour elle, quatre bracelets pour sa mère.

Et je compte, un de ces jours, retourner voir l'Italie, tout en songeant, avec une certaine inquiétude mêlée d'espoirs, que Mme Rondoli possède encore deux filles.

La Patronne

Au docteur Baraduc[1].

J'habitais alors, dit Georges Kervelen, une maison meublée, rue des Saints-Pères[2].

Quand mes parents décidèrent que j'irais faire mon droit à Paris, de longues discussions eurent lieu pour régler toutes choses. Le chiffre de ma pension avait été d'abord fixé à deux mille cinq cents francs[3], mais ma pauvre mère fut prise d'une peur qu'elle exposa à mon père : « S'il allait dépenser mal tout son argent et ne pas prendre une nourriture suffisante, sa santé en souffrirait beaucoup. Ces jeunes gens sont capables de tout. »

Alors il fut décidé qu'on me chercherait une pension, une pension modeste et confortable, et que ma famille en payerait directement le prix, chaque mois.

Je n'avais jamais quitté Quimper. Je désirais tout ce qu'on désire à mon âge et j'étais disposé à vivre joyeusement, de toutes les façons.

Des voisins, à qui on demanda conseil, indiquèrent une compatriote, Mme Kergaran, qui prenait des pensionnaires. Mon père donc traita par lettres avec cette personne respectable, chez qui j'arrivai, un soir, accompagné d'une malle.

Mme Kergaran avait quarante ans environ. Elle était forte, très forte, parlait d'une voix de capitaine instructeur et décidait toutes les questions d'un mot net et définitif. Sa demeure, tout étroite, n'ayant qu'une seule ouverture sur la rue, à chaque étage, avait l'air d'une échelle de fenêtres, ou bien encore d'une tranche de maison en sandwich entre deux autres.

La patronne habitait au premier avec sa bonne; on faisait la cuisine et on prenait les repas au second; quatre pensionnaires bretons logeaient au troisième et au quatrième. J'eus les deux pièces du cinquième.

Un petit escalier noir, tournant comme un tire-bouchon, conduisait à ces deux mansardes. Tout le jour, sans s'arrêter, Mme Kergaran montait et descendait cette spirale, occupée dans ce logis en tiroir comme un capitaine à son bord. Elle entrait dix fois de suite dans chaque appartement, surveillait tout avec un étonnant fracas de paroles, regardait si les lits étaient bien faits, si les habits étaient bien brossés, si le service ne laissait rien à désirer. Enfin, elle soignait ses pensionnaires comme une mère, mieux qu'une mère.

J'eus bientôt fait la connaissance de mes quatre compatriotes. Deux étudiaient la médecine, et les deux autres faisaient leur droit, mais tous subissaient le joug despotique de la patronne. Ils avaient peur d'elle comme un maraudeur a peur du garde champêtre.

Quant à moi, je me sentis tout de suite des

désirs d'indépendance, car je suis un révolté par nature. Je déclarai d'abord que je voulais rentrer à l'heure qui me plairait, car Mme Kergaran avait fixé minuit comme dernière limite. À cette prétention, elle planta sur moi ses yeux clairs pendant quelques secondes, puis elle déclara :

« Ce n'est pas possible. Je ne peux pas tolérer qu'on réveille Annette toute la nuit. Vous n'avez rien à faire dehors passé certaine heure. »

Je répondis avec fermeté : « D'après la loi, madame, vous êtes obligée de m'ouvrir à toute heure. Si vous le refusez, je le ferai constater par des sergents de ville et j'irai coucher à l'hôtel à vos frais, comme c'est mon droit. Vous serez donc contrainte de m'ouvrir ou de me renvoyer. La porte ou l'adieu. Choisissez. »

Je lui riais au nez en posant ces conditions. Après une première stupeur, elle voulut parlementer, mais je me montrai intraitable et elle céda. Nous convînmes que j'aurais un passe-partout mais à la condition formelle que tout le monde l'ignorerait.

Mon énergie fit sur elle une impression salutaire et elle me traita désormais avec une faveur marquée. Elle avait des attentions, des petits soins, des délicatesses pour moi, et même une certaine tendresse brusque qui ne me déplaisait point. Quelquefois, dans mes heures de gaieté, je l'embrassais par surprise, rien que pour la forte gifle qu'elle me lançait aussitôt. Quand j'arrivais à baisser la tête assez vite, sa main partie passait par-dessus moi avec la rapidité d'une balle, et je riais comme un fou en me sauvant, tandis qu'elle criait : « Ah ! la canaille ! je vous revaudrai ça. »

Nous étions devenus une paire d'amis.

Mais voilà que je fis la connaissance, sur le trottoir, d'une fillette employée dans un magasin.

Vous savez ce que sont ces amourettes de Paris. Un jour, comme on allait à l'école, on rencontre une jeune personne en cheveux[1] qui se promène au bras d'une amie avant de rentrer au travail. On échange un regard, et on sent en soi cette petite secousse[2] que vous donne l'œil de certaines femmes. C'est là une des choses charmantes de la vie, ces rapides sympathies physiques que fait éclore une rencontre, cette légère et délicate séduction qu'on subit tout à coup au frôlement d'un être né pour vous plaire et pour être aimé de vous. Il sera aimé peu ou beaucoup, qu'importe ? Il est dans sa nature de répondre au secret désir d'amour de la vôtre. Dès la première fois que vous apercevez ce visage, cette bouche, ces cheveux, ce sourire, vous sentez leur charme entrer en vous avec une joie douce et délicieuse, vous sentez une sorte de bien-être heureux vous pénétrer, et l'éveil subit d'une tendresse encore confuse qui vous pousse vers cette femme inconnue. Il semble qu'il y ait en elle un appel auquel vous répondez, une attirance qui vous sollicite ; il semble qu'on la connaît depuis longtemps, qu'on l'a déjà vue, qu'on sait ce qu'elle pense.

Le lendemain, à la même heure, on repasse par la même rue. On la revoit. Puis on revient le jour suivant, et encore le jour suivant. On se parle enfin. Et l'amourette suit son cours, régulier comme une maladie.

Donc, au bout de trois semaines, j'en étais avec Emma à la période qui précède la chute. La chute même aurait eu lieu plus tôt si j'avais su en quel endroit la provoquer. Mon amie vivait en famille et refusait avec une énergie singulière de franchir le seuil d'un hôtel meublé. Je me creusais la tête pour trouver un moyen, une ruse, une occasion. Enfin, je pris un parti désespéré et je me décidai à la faire monter chez moi, un soir, vers onze heures, sous prétexte d'une tasse de thé. Mme Kergaran se couchait tous les jours à dix heures. Je pourrais donc rentrer sans bruit au moyen de mon passe-partout, sans éveiller aucune attention. Nous redescendrions de la même manière au bout d'une heure ou deux.

Emma accepta mon invitation après s'être fait un peu prier.

Je passai une mauvaise journée. Je n'étais point tranquille. Je craignais des complications, une catastrophe, quelque épouvantable scandale. Le soir vint. Je sortis et j'entrai dans une brasserie où j'absorbai deux tasses de café et quatre ou cinq petits verres pour me donner du courage. Puis j'allai faire un tour sur le boulevard Saint-Michel. J'entendis sonner dix heures, dix heures et demie. Et je me dirigeai, à pas lents, vers le lieu de notre rendez-vous. Elle m'attendait déjà. Elle prit mon bras avec une allure câline et nous voilà partis, tout doucement, vers ma demeure. À mesure que j'approchais de la porte, mon angoisse allait croissant. Je pensais : « Pourvu que Mme Kergaran soit couchée. »

Je dis à Emma deux ou trois fois : « Surtout, ne faites point de bruit dans l'escalier. »

Elle se mit à rire : « Vous avez donc bien peur d'être entendu ?

— Non, mais je ne veux pas réveiller mon voisin qui est gravement malade. »

Voici la rue des Saints-Pères. J'approche de mon logis avec cette appréhension qu'on a en se rendant chez un dentiste. Toutes les fenêtres sont sombres. On dort sans doute. Je respire. J'ouvre la porte avec des précautions de voleur. Je fais entrer ma compagne, puis je referme, et je monte l'escalier sur la pointe des pieds en retenant mon souffle et en allumant des allumettes-bougies[1] pour que la jeune fille ne fasse point quelque faux pas.

En passant devant la chambre de la patronne je sens que mon cœur bat à coups précipités. Enfin, nous voici au second étage, puis au troisième, puis au cinquième. J'entre chez moi. Victoire !

Cependant, je n'osais parler qu'à voix basse et j'ôtai mes bottines pour ne faire aucun bruit. Le thé, préparé sur une lampe à esprit-de-vin[2], fut bu sur le coin de ma commode. Puis je devins pressant... pressant..., et peu à peu, comme dans un jeu, j'enlevais un à un les vêtements de mon amie, qui cédait en résistant, rouge, confuse, retardant toujours l'instant fatal et charmant.

Elle n'avait plus, ma foi, qu'un court jupon blanc[3] quand ma porte s'ouvrit d'un seul coup, et Mme Kergaran parut, une bougie à la main, exactement dans le même costume qu'Emma.

J'avais fait un bond loin d'elle et je restais debout, effaré, regardant les deux femmes qui se dévisageaient. Qu'allait-il se passer ?

La patronne prononça d'un ton hautain que je ne lui connaissais pas : « Je ne veux pas de filles dans ma maison, monsieur Kervelen. »

Je balbutiai : « Mais, madame Kergaran, mademoiselle n'est que mon amie. Elle venait prendre une tasse de thé. »

La grosse femme reprit : « On ne se met pas en chemise pour prendre une tasse de thé. Vous allez faire partir tout de suite cette personne. »

Emma, consternée, commençait à pleurer en se cachant la figure dans sa jupe. Moi, je perdais la tête, ne sachant que faire ni que dire. La patronne ajouta avec une irrésistible autorité : « Aidez mademoiselle à se rhabiller et reconduisez-la tout de suite. »

Je n'avais pas autre chose à faire, assurément, et je ramassai la robe tombée en rond, comme un ballon crevé, sur le parquet, puis je la passai sur la tête de la fillette, et je m'efforçai de l'agrafer, de l'ajuster, avec une peine infinie. Elle m'aidait, en pleurant toujours, affolée, se hâtant, faisant toutes sortes d'erreurs, ne sachant plus retrouver les cordons ni les boutonnières ; et Mme Kergaran impassible, debout, sa bougie à la main, nous éclairait dans une pose sévère de justicier.

Emma maintenant précipitait ses mouvements, se couvrait éperdument, nouait, épinglait, laçait, rattachait avec furie, harcelée par un impérieux besoin de fuir ; et sans même boutonner ses bottines, elle passa en courant devant la patronne et s'élança dans l'escalier. Je la suivais en savates, à moitié dévêtu moi-même, répétant : « Mademoiselle, écoutez, mademoiselle. »

Je sentais bien qu'il fallait lui dire quelque chose, mais je ne trouvais rien. Je la rattrapai juste à la porte de la rue, et je voulus lui prendre le bras, mais elle me repoussa violemment, balbutiant d'une voix basse et nerveuse : « Laissez-moi... laissez-moi, ne me touchez pas. »

Et elle se sauva dans la rue en refermant la porte derrière elle.

Je me retournai. Mme Kergaran était restée au haut du premier étage, et je remontai les marches à pas lents, m'attendant à tout, et prêt à tout.

La chambre de la patronne était ouverte, elle m'y fit entrer en prononçant d'un ton sévère : « J'ai à vous parler, monsieur Kervelen. »

Je passai devant elle en baissant la tête. Elle posa sa bougie sur la cheminée puis, croisant ses bras sur sa puissante poitrine que couvrait mal une fine camisole blanche :

« Ah çà, monsieur Kervelen, vous prenez donc ma maison pour une maison publique ! »

Je n'étais pas fier. Je murmurai : « Mais non, madame Kergaran. Il ne faut pas vous fâcher, voyons, vous savez bien ce que c'est qu'un jeune homme. »

Elle répondit : « Je sais que je ne veux pas de créatures chez moi, entendez-vous. Je sais que je ferai respecter mon toit, et la réputation de ma maison, entendez-vous ? Je sais... »

Elle parla pendant vingt minutes au moins, accumulant les raisons sur les indignations, m'accablant sous l'honorabilité de sa *maison*[1], me lardant de reproches mordants.

Moi (l'homme est un singulier animal), au lieu de l'écouter, je la regardais. Je n'entendais plus un mot, mais plus un mot. Elle avait une poitrine superbe, la gaillarde, ferme, blanche et grasse, un peu grosse peut-être, mais tentante à faire passer des frissons dans le dos. Je ne me serais jamais douté vraiment qu'il y eût de pareilles choses sous la robe de laine de la patronne. Elle semblait rajeunie de dix ans, en déshabillé. Et voilà que je me sentais tout drôle, tout... Comment dirai-je ?... tout remué. Je retrouvais brusquement devant elle ma situation... interrompue un quart d'heure plus tôt dans ma chambre.

Et, derrière elle, là-bas, dans l'alcôve, je regardais son lit. Il était entrouvert, écrasé, montrant, par le trou creusé dans les draps, la pesée du corps qui s'était couché là. Et je pensais qu'il devait faire très bon et très chaud là-dedans, plus chaud que dans un autre lit. Pourquoi plus chaud ? Je n'en sais rien, sans doute à cause de l'opulence des chairs qui s'y étaient reposées.

Quoi de plus troublant et de plus charmant qu'un lit défait ? Celui-là me grisait, de loin, me faisait courir des frémissements sur la peau.

Elle parlait toujours, mais doucement maintenant, elle parlait en amie rude et bienveillante qui ne demande plus qu'à pardonner.

Je balbutiai : « Voyons... voyons... madame Kergaran... voyons... » et comme elle s'était tue pour attendre ma réponse, je la saisis dans mes deux bras et je me mis à l'embrasser, mais à l'embrasser, comme un affamé, comme un homme qui attend ça depuis longtemps.

Elle se débattait, tournait la tête, sans se fâcher trop fort, répétant machinalement selon son habitude : « Oh ! la canaille... la canaille... la ca... »

Elle ne put pas achever le mot, je l'avais enlevée d'un effort, et je l'emportais, serrée contre moi. On est rudement vigoureux, allez, en certains moments !

Je rencontrai le bord du lit, et je tombai dessus sans la lâcher…

Il y faisait en effet fort bon et fort chaud dans son lit.

Une heure plus tard, la bougie s'étant éteinte, la patronne se leva pour allumer l'autre. Et comme elle revenait se glisser à mon côté, enfonçant sous les draps sa jambe ronde et forte, elle prononça d'une voix câline, satisfaite, reconnaissante peut-être : « Oh !… la canaille !… la canaille !… »

Le Petit Fût

À Adolphe Tavernier[1].

Maître[2] Chicot, l'aubergiste d'Épreville[3], arrêta son tilbury devant la ferme de la mère Magloire. C'était un grand gaillard de quarante ans, rouge et ventru, et qui passait pour malicieux[4].

Il attacha son cheval au poteau de la barrière, puis il pénétra dans la cour. Il possédait un bien attenant aux terres de la vieille, qu'il convoitait depuis longtemps. Vingt fois il avait essayé de les acheter, mais la mère Magloire s'y refusait avec obstination.

« J'y sieus née, j'y mourrai », disait-elle.

Il la trouva épluchant des pommes de terre devant sa porte. Âgée de soixante-douze ans, elle était sèche, ridée, courbée, mais infatigable comme une jeune fille. Chicot lui tapa dans le dos avec amitié, puis s'assit près d'elle sur un escabeau.

« Eh bien ! la mère, et c'te santé, toujours bonne ?

— Pas trop mal, et vous, maît'Prosper ?

— Eh ! eh ! quéques douleurs ; sans ça, ce s'rait à satisfaction.

— Allons, tant mieux ! »

Et elle ne dit plus rien. Chicot la regardait accomplir sa besogne. Ses doigts crochus, noués, durs comme des pattes de crabe, saisissaient à la façon de pinces les tubercules grisâtres dans une manne, et vivement elle les faisait tourner, enlevant de longues bandes de peau sous la lame d'un vieux couteau qu'elle tenait de l'autre main. Et, quand la pomme de terre était devenue toute jaune, elle la jetait dans un seau d'eau. Trois poules hardies s'en venaient l'une après l'autre jusque dans ses jupes ramasser les épluchures, puis se sauvaient à toutes pattes, portant au bec leur butin.

Chicot semblait gêné, hésitant, anxieux, avec quelque chose sur la langue qui ne voulait pas sortir. À la fin, il se décida :

« Dites donc, mère Magloire...

— Qué qu'i a pour votre service ?

— C'te ferme, vous n'voulez toujours point m'la vendre ?

— Pour ça non. N'y comptez point. C'est dit, c'est dit, n'y r'venez pas.

— C'est qu'j'ai trouvé un arrangement qui f'rait notre affaire à tous les deux.

— Qué qu'c'est ?

— Le v'là. Vous m'la vendez, et pi vous la gardez tout d'même. Vous n'y êtes point ? Suivez ma raison [1]. »

La vieille cessa d'éplucher ses légumes et fixa sur l'aubergiste ses yeux vifs sous leurs paupières fripées.

Il reprit :

« Je m'explique. J'vous donne, chaque mois cent

cinquante francs[1]. Vous entendez bien : chaque mois j'vous apporte ici, avec mon tilbury, trente écus de cent sous. Et pi n'y a rien de changé de plus, rien de rien ; vous restez chez vous, vous n'vous occupez point de mé, vous n'me d'vez rien. Vous n'faites que prendre mon argent. Ça vous va-t-il ? »

Il la regardait d'un air joyeux, d'un air de bonne humeur.

La vieille le considérait avec méfiance, cherchant le piège. Elle demanda :

« Ça, c'est pour mé ; mais pour vous, c'te ferme, ça n'vous la donne point ? »

Il reprit :

« N'vous tracassez point de ça. Vous restez tant que l'bon Dieu vous laissera vivre. Vous êtes chez vous. Seulement vous m'ferez un p'tit papier chez l' notaire pour qu'après vous ça me revienne. Vous n'avez point d'éfants, rien qu' des neveux que vous n'y tenez guère. Ça vous va-t-il ? Vous gardez votre bien votre vie durant, et j'vous donne trente écus de cent sous par mois. C'est tout gain pour vous. »

La vieille demeurait surprise, inquiète, mais tentée. Elle répliqua :

« Je n' dis point non. Seulement, j' veux m' faire une raison là-dessus. Rev'nez causer d'ça dans l'courant d' l'autre semaine. J' vous f'rai une réponse d' mon idée. »

Et maître Chicot s'en alla, content comme un roi qui vient de conquérir un empire.

La mère Magloire demeura songeuse. Elle ne dormit pas la nuit suivante. Pendant quatre jours, elle eut une fièvre d'hésitation. Elle flairait bien quelque chose de mauvais pour elle là-dedans, mais la pensée des trente écus par mois, de ce bel argent sonnant qui s'en viendrait couler dans son tablier, qui lui tomberait comme ça du ciel, sans rien faire, la ravageait de désir.

Alors elle alla trouver le notaire et lui conta son cas. Il lui conseilla d'accepter la proposition de Chicot, mais en demandant cinquante écus de cent sous au lieu de trente, sa ferme valant au bas mot soixante mille francs.

« Si vous vivez quinze ans, disait le notaire, il ne la paiera encore de cette façon, que quarante-cinq mille francs. »

La vieille frémit à cette perspective de cinquante écus de cent sous par mois ; mais elle se méfiait toujours, craignant mille choses imprévues, des ruses cachées, et elle demeura jusqu'au soir à poser des questions, ne pouvant se décider à partir. Enfin elle ordonna de préparer l'acte, et elle rentra troublée comme si elle eût bu quatre pots de cidre nouveau[1].

Quand Chicot vint pour savoir la réponse, elle se fit longtemps prier, déclarant qu'elle ne voulait pas, mais rongée par la peur qu'il ne consentît point à donner les cinquante pièces de cent sous. Enfin, comme il insistait, elle énonça ses prétentions.

Il eut un sursaut de désappointement et refusa.

Alors, pour le convaincre, elle se mit à raisonner sur la durée probable de sa vie.

« Je n'en ai pas pour pu de cinq à six ans pour sûr. Me v'là sur mes soixante-treize, et pas vaillante avec ça. L'aut'e soir, je crûmes que j'allais passer. Il me semblait qu'on me vidait l'corps, qu'il a fallu me porter à mon lit. »

Mais Chicot ne se laissait pas prendre.

« Allons, allons, vieille pratique[1], vous êtes solide comme l' clocher d' l'église. Vous vivrez pour le moins cent dix ans. C'est vous qui m'enterrerez, pour sûr. »

Tout le jour fut encore perdu en discussions. Mais, comme la vieille ne céda pas, l'aubergiste, à la fin, consentit à donner les cinquante écus.

Ils signèrent l'acte le lendemain. Et la mère Magloire exigea dix écus de pots-de-vin.

Trois ans s'écoulèrent. La bonne femme se portait comme un charme. Elle paraissait n'avoir pas vieilli d'un jour, et Chicot se désespérait. Il lui semblait, à lui, qu'il payait cette rente depuis un demi-siècle, qu'il était trompé, floué, ruiné. Il allait de temps en temps rendre visite à la fermière, comme on va voir, en juillet, dans les champs, si les blés sont mûrs pour la faux. Elle le recevait avec une malice dans le regard. On eût dit qu'elle se félicitait du bon tour qu'elle lui avait joué ; et il remontait bien vite dans son tilbury en murmurant :

« Tu ne crèveras donc point, carcasse ! »

Il ne savait que faire. Il eût voulu l'étrangler en la voyant. Il la haïssait d'une haine féroce, sournoise, d'une haine de paysan volé.

Alors il chercha des moyens.

Un jour enfin, il s'en revint la voir en se frottant les mains, comme il faisait la première fois lorsqu'il lui avait proposé le marché.

Et après avoir causé quelques minutes :

« Dites donc, la mère, pourquoi que vous ne v'nez point dîner à la maison, quand vous passez à Épreville ? On en jase ; on dit comme ça que j' sommes pu amis, et ça me fait deuil. Vous savez, chez mé, vous ne paierez point. J' suis pas regardant à un dîner. Tant que le cœur vous en dira, v'nez sans retenue, ça m' fera plaisir. »

La mère Magloire ne se le fit point répéter, et le surlendemain, comme elle allait au marché dans sa carriole conduite par son valet Célestin, elle mit sans gêne son cheval à l'écurie chez maître Chicot, et réclama le dîner promis.

L'aubergiste, radieux, la traita comme une dame, lui servit du poulet, du boudin, de l'andouille, du gigot et du lard aux choux. Mais elle ne mangea presque rien, sobre depuis son enfance, ayant toujours vécu d'un peu de soupe et d'une croûte de pain beurrée.

Chicot insistait, désappointé. Elle ne buvait pas non plus. Elle refusa de prendre du café.

Il demanda :

« Vous accepterez toujours bien un p'tit verre.

— Ah ! pour ça, oui. Je ne dis pas non. »

Et il cria de tous ses poumons, à travers l'auberge :

« Rosalie, apporte la fine, la surfine, le fil-en-dix[1]. »

Et la servante apparut, tenant une longue bouteille ornée d'une feuille de vigne en papier.

Il emplit deux petits verres.

« Goûtez ça, la mère, c'est de la fameuse. »

Et la bonne femme se mit à boire tout doucement, à petites gorgées, faisant durer le plaisir. Quand elle eut vidé son verre, elle l'égoutta, puis déclara :

« Ça oui, c'est de la fine. »

Elle n'avait point fini de parler que Chicot lui en versait un second coup. Elle voulut refuser, mais il était trop tard, et elle le dégusta longuement, comme le premier.

Il voulut alors lui faire accepter une troisième tournée, mais elle résista. Il insistait :

« Ça, c'est du lait, voyez-vous ; mé, j'en bois dix, douze sans embarras. Ça passe comme du sucre. Rien au ventre, rien à la tête ; on dirait que ça s'évapore sur la langue. Y a rien de meilleur pour la santé ! »

Comme elle en avait bien envie, elle céda, mais elle n'en prit que la moitié du verre.

Alors Chicot, dans un élan de générosité, s'écria :

« T'nez, puisqu'elle vous plaît, j' vas vous en donner un p'tit fût, histoire de vous montrer que j' sommes toujours une paire d'amis. »

La bonne femme ne dit pas non et s'en alla, un peu grise.

Le lendemain, l'aubergiste entra dans la cour de la mère Magloire, puis tira du fond de sa voiture une petite barrique cerclée de fer. Puis il voulut lui faire goûter le contenu, pour prouver que c'était bien la même fine ; et, quand ils en eurent encore bu chacun trois verres, il déclara, en s'en allant :

« Et puis, vous savez, quand n'y en aura pu, y en a encore ; n' vous gênez point. Je n'suis pas regardant. Pu tôt que ce sera fini, pu que je serai content. »

Et il remonta dans son tilbury.

Il revint quatre jours plus tard. La vieille était devant sa porte, occupée à couper le pain de la soupe.

Il s'approcha, lui dit bonjour, lui parla dans le nez, histoire de sentir son haleine. Et il reconnut un souffle d'alcool. Alors son visage s'éclaira.

« Vous m'offrirez bien un verre de fil ? » dit-il.

Et ils trinquèrent deux ou trois fois.

Mais bientôt le bruit courut dans la contrée que la mère Magloire s'ivrognait toute seule. On la ramassait tantôt dans sa cuisine, tantôt dans sa cour, tantôt dans les chemins des environs, et il fallait la rapporter chez elle, inerte comme un cadavre.

Chicot n'allait plus chez elle, et, quand on lui parlait de la paysanne, il murmurait avec un visage triste :

« C'est-il pas malheureux, à son âge, d'avoir pris c't'habitude-là ? Voyez-vous, quand on est vieux, y a pas de ressource. Ça finira bien par lui jouer un mauvais tour ! »

Ça lui joua un mauvais tour, en effet. Elle mourut l'hiver suivant, vers la Noël, étant tombée, soûle, dans la neige.

Et maître Chicot hérita de la ferme, en déclarant :

« C'te manante, si alle s'était point boissonnée, alle en avait bien pour dix ans de plus. »

Lui ?

À Pierre Decourcelle[1].

Mon cher ami, tu n'y comprends rien ? et je le conçois. Tu me crois devenu fou ? Je le suis peut-être un peu, mais non pas pour les raisons que tu supposes.

Oui. Je me marie. Voilà.

Et pourtant mes idées et mes convictions n'ont pas changé. Je considère l'accouplement légal comme une bêtise. Je suis certain que huit maris sur dix sont cocus. Et ils ne méritent pas moins pour avoir eu l'imbécillité d'enchaîner leur vie, de renoncer à l'amour libre, la seule chose gaie et bonne au monde, de couper l'aile à la fantaisie qui nous pousse sans cesse à toutes les femmes, etc., etc. Plus que jamais je me sens incapable d'aimer une femme parce que j'aimerai toujours trop toutes les autres. Je voudrais avoir mille bras, mille lèvres et mille... tempéraments pour pouvoir étreindre en même temps une armée de ces êtres charmants et sans importance.

Et cependant je me marie.

J'ajoute que je ne connais guère ma femme de

demain. Je l'ai vue seulement quatre ou cinq fois. Je sais qu'elle ne me déplaît point ; cela me suffit pour ce que j'en veux faire. Elle est petite, blonde et grasse. Après-demain, je désirerai ardemment une femme grande, brune et mince.

Elle n'est pas riche. Elle appartient à une famille moyenne. C'est une jeune fille comme on en trouve à la grosse, bonnes à marier, sans qualités et sans défauts apparents, dans la bourgeoisie ordinaire. On dit d'elle : « Mlle Lajolle est bien gentille. » On dira demain : « Elle est fort gentille, Mme Raymon. » Elle appartient enfin à la légion des jeunes filles honnêtes « dont on est heureux de faire sa femme » jusqu'au jour où on découvre qu'on préfère justement toutes les autres femmes à celle qu'on a choisie.

Alors pourquoi me marier, diras-tu ?

J'ose à peine t'avouer l'étrange et invraisemblable raison qui me pousse à cet acte insensé.

Je me marie pour n'être pas seul !

Je ne sais comment dire cela, comment me faire comprendre. Tu auras pitié de moi, et tu me mépriseras, tant mon état d'esprit est misérable.

Je ne veux plus être seul, la nuit. Je veux sentir un être près de moi, contre moi, un être qui peut parler, dire quelque chose, n'importe quoi.

Je veux pouvoir briser son sommeil ; lui poser une question quelconque brusquement, une question stupide pour entendre une voix, pour sentir habitée ma demeure, pour sentir une âme en éveil, un raisonnement en travail, pour voir, allumant brusquement ma bougie, une figure humaine à mon côté… parce que… parce que… (je n'ose pas avouer cette honte)… parce que j'ai peur, tout seul.

Oh ! tu ne me comprends pas encore.

Je n'ai pas peur d'un danger. Un homme entrerait, je le tuerais sans frissonner. Je n'ai pas peur des revenants ; je ne crois pas au surnaturel. Je n'ai pas peur des morts ; je crois à l'anéantissement définitif de chaque être qui disparaît.

Alors !... oui. Alors !... Eh bien ! j'ai peur de moi ! j'ai peur de la peur ; peur des spasmes de mon esprit qui s'affole, peur de cette horrible sensation de la terreur incompréhensible.

Ris si tu veux. Cela est affreux, inguérissable. J'ai peur des murs, des meubles, des objets familiers qui s'animent, pour moi, d'une sorte de vie animale. J'ai peur surtout du trouble horrible de ma pensée, de ma raison qui m'échappe brouillée, dispersée par une mystérieuse et invisible angoisse.

Je sens d'abord une vague inquiétude qui me passe dans l'âme et me fait courir un frisson sur la peau. Je regarde autour de moi. Rien ! Et je voudrais quelque chose ! Quoi ? Quelque chose de compréhensible. Puisque j'ai peur uniquement parce que je ne comprends pas ma peur.

Je parle ! j'ai peur de ma voix. Je marche ! j'ai peur de l'inconnu de derrière la porte, de derrière le rideau, de dans l'armoire, de sous le lit. Et pourtant je sais qu'il n'y a rien nulle part.

Je me retourne brusquement parce que j'ai peur de ce qui est derrière moi, bien qu'il n'y ait rien et que je le sache.

Je m'agite, je sens mon effarement grandir ; et je m'enferme dans ma chambre ; et je m'enfonce dans mon lit, et je me cache sous mes draps ; et blotti, roulé comme une boule, je ferme les yeux désespérément, et je demeure ainsi pendant un temps infini avec cette pensée que ma bougie demeure allumée sur ma table de nuit et qu'il faudrait pourtant l'éteindre. Et je n'ose pas.

N'est-ce pas affreux, d'être ainsi ?

Autrefois je n'éprouvais rien de cela. Je rentrais tranquillement. J'allais et je venais en mon logis sans que rien troublât la sérénité de mon âme. Si l'on m'avait dit quelle maladie de peur invraisemblable, stupide et terrible, devait me saisir un jour, j'aurais bien ri ; j'ouvrais les portes dans l'ombre avec assurance : je me couchais lentement, sans pousser les verrous, et je ne me relevais jamais au milieu des nuits pour m'assurer que toutes les issues de ma chambre étaient fortement closes.

Cela a commencé l'an dernier d'une singulière façon.

C'était en automne, par un soir humide. Quand ma bonne fut partie, après mon dîner, je me demandai ce que j'allais faire. Je marchai quelque temps à travers ma chambre. Je me sentais las, accablé sans raison, incapable de travailler, sans force même pour lire. Une pluie fine mouillait les vitres ; j'étais triste, tout pénétré par une de ces tristesses sans causes qui vous donnent envie de pleurer, qui vous font désirer de parler à n'importe qui pour secouer la lourdeur de notre pensée.

Je me sentais seul. Mon logis me paraissait vide comme il n'avait jamais été. Une solitude infinie et navrante m'entourait. Que faire ? Je m'assis. Alors une impatience nerveuse me courut dans les jambes. Je me relevai, et je me remis à marcher. J'avais peut-être aussi un peu de fièvre, car mes mains, que je tenais rejointes derrière mon dos, comme on fait souvent quand on se promène avec lenteur, se brûlaient l'une à l'autre, et je le remarquai. Puis soudain un frisson de froid me courut dans le dos. Je pensai que l'humidité du dehors entrait chez moi, et l'idée de faire du feu me vint. J'en allumai ; c'était la première fois de l'année. Et je m'assis de nouveau en regardant la flamme. Mais bientôt l'impossibilité de rester en place me fit encore me relever, et je sentis qu'il fallait m'en aller, me secouer, trouver un ami.

Je sortis. J'allai chez trois camarades que je ne rencontrai pas ; puis, je gagnai le boulevard[1], décidé à découvrir une personne de connaissance.

Il faisait triste partout. Les trottoirs trempés luisaient. Une tiédeur d'eau, une de ces tiédeurs qui vous glacent par frissons brusques, une tiédeur pesante de pluie impalpable accablait la rue, semblait lasser et obscurcir la flamme du gaz.

J'allais d'un pas mou, me répétant : « Je ne trouverai personne avec qui causer. »

J'inspectai plusieurs fois les cafés, depuis la Madeleine jusqu'au faubourg Poissonnière. Des gens tristes, assis devant des tables, semblaient n'avoir pas même la force de finir leurs consommations.

J'errai longtemps ainsi, et vers minuit, je me mis en route pour rentrer chez moi. J'étais fort calme, mais fort las. Mon concierge, qui se couche avant onze heures, m'ouvrit tout de suite, contrairement à son habitude ; et je pensai : « Tiens, un autre locataire vient sans doute de remonter. »

Quand je sors de chez moi, je donne toujours à ma porte deux tours de clef. Je la trouvai simplement tirée, et cela me frappa. Je supposai qu'on m'avait monté des lettres dans la soirée.

J'entrai. Mon feu brûlait encore et éclairait même un peu l'appartement. Je pris une bougie pour aller l'allumer au foyer, lorsqu'en jetant les yeux devant moi, j'aperçus quelqu'un assis dans mon fauteuil, et qui se chauffait les pieds en me tournant le dos.

Je n'eus pas peur, oh ! non, pas le moins du monde. Une supposition très vraisemblable me traversa l'esprit ; celle qu'un de mes amis était venu pour me voir. La concierge, prévenue par moi à ma sortie, avait dit que j'allais rentrer, avait prêté sa clef. Et toutes les circonstances de mon retour, en une seconde, me revinrent à la pensée : le cordon tiré tout de suite, ma porte seulement poussée.

Mon ami, dont je ne voyais que les cheveux, s'était endormi devant mon feu en m'attendant, et je m'avançai pour le réveiller. Je le voyais parfaitement, un de ses bras pendant à droite ; ses pieds étaient croisés l'un sur l'autre ; sa tête, penchée un peu sur le côté gauche du fauteuil, indiquait bien le sommeil. Je me demandais : « Qui est-ce ? » On y voyait peu d'ailleurs dans la pièce. J'avançai la main pour lui toucher l'épaule !...

Je rencontrai le bois du siège ! Il n'y avait plus personne. Le fauteuil était vide !

Quel sursaut, miséricorde !

Je reculai d'abord comme si un danger terrible eût apparu devant moi.

Puis je me retournai, sentant quelqu'un derrière mon dos ; puis, aussitôt, un impérieux besoin de revoir le fauteuil me fit pivoter encore une fois. Et je demeurai debout, haletant d'épouvante, tellement éperdu que je n'avais plus une pensée, prêt à tomber.

Mais je suis un homme de sang-froid, et tout de suite la raison me revint. Je songeai : « Je viens d'avoir une hallucination, voilà tout. » Et je réfléchis immédiatement sur ce phénomène. La pensée va vite dans ces moments-là.

J'avais eu une hallucination — c'était là un fait incontestable. Or, mon esprit était demeuré tout le temps lucide, fonctionnant régulièrement et logiquement. Il n'y avait donc aucun trouble du côté du cerveau. Les yeux seuls s'étaient trompés, avaient trompé ma pensée. Les yeux avaient eu une vision, une de ces visions qui font croire aux miracles les gens naïfs. C'était là un accident nerveux de l'appareil optique, rien de plus, un peu de congestion peut-être[1].

Et j'allumai ma bougie. Je m'aperçus, en me baissant vers le feu, que je tremblais, et je me relevai d'une secousse, comme si on m'eût touché par derrière.

Je n'étais point tranquille assurément.

Je fis quelques pas ; je parlai haut. Je chantai à mi-voix quelques refrains.

Puis je fermai la porte de ma chambre à double tour, et je me sentis un peu rassuré. Personne ne pouvait entrer, au moins.

Je m'assis encore et je réfléchis longtemps à mon aventure ; puis je me couchai, et je soufflai ma lumière.

Pendant quelques minutes, tout alla bien. Je restais sur le dos, assez paisiblement. Puis le besoin me vint de regarder dans ma chambre ; et je me mis sur le côté.

Mon feu n'avait plus que deux ou trois tisons rouges qui éclairaient juste les pieds du fauteuil; et je crus revoir l'homme assis dessus.

J'enflammai une allumette d'un mouvement rapide. Je m'étais trompé, je ne voyais plus rien.

Je me levai, cependant, et j'allai cacher le fauteuil derrière mon lit.

Puis je refis l'obscurité et je tâchai de m'endormir. Je n'avais pas perdu connaissance depuis plus de cinq minutes, quand j'aperçus, en songe, et nettement comme dans la réalité, toute la scène de la soirée. Je me réveillai éperdument, et, ayant éclairé mon logis, je demeurai assis dans mon lit, sans oser même essayer de redormir.

Deux fois cependant le sommeil m'envahit, malgré moi, pendant quelques secondes. Deux fois je revis la chose. Je me croyais devenu fou.

Quand le jour parut, je me sentis guéri et je sommeillai paisiblement jusqu'à midi.

C'était fini, bien fini. J'avais eu la fièvre, le cauchemar, que sais-je? J'avais été malade, enfin. Je me trouvai néanmoins fort bête.

Je fus très gai ce jour-là. Je dînai au cabaret; j'allai voir le spectacle, puis je me mis en chemin pour rentrer. Mais voilà qu'en approchant de ma maison une inquiétude étrange me saisit. J'avais peur de le revoir, lui. Non pas peur de lui, non pas peur de sa présence, à laquelle je ne croyais point, mais j'avais peur d'un trouble nouveau de mes yeux, peur de l'hallucination, peur de l'épouvante qui me saisirait.

Pendant plus d'une heure, j'errai de long en large sur le trottoir; puis je me trouvai trop imbécile à la fin et j'entrai. Je haletais tellement que je ne pouvais plus monter mon escalier. Je restai encore plus de dix minutes devant mon logement sur le palier, puis, brusquement, j'eus un élan de courage, un roidissement de volonté. J'enfonçai ma clef; je me précipitai en avant une bougie à la main, je poussai d'un coup de pied la porte entrebâillée de ma chambre, et je jetai un regard effaré vers la cheminée. Je ne vis rien. « Ah!... »

Quel soulagement! Quelle joie! Quelle délivrance! J'allais et venais d'un air gaillard. Mais je ne me sentais pas rassuré; je me retournais par sursauts; l'ombre des coins m'inquiétait.

Je dormis mal, réveillé sans cesse par des bruits imaginaires. Mais je ne le vis pas. Non. C'était fini!

Depuis ce jour-là j'ai peur tout seul, la nuit. Je la sens là, près de moi, autour de moi, la vision. Elle ne m'est point apparue de nouveau. Oh non! Et qu'importe, d'ailleurs, puisque je n'y crois pas, puisque je sais que ce n'est rien!

Elle me gêne cependant parce que j'y pense sans cesse. — Une main pendait du côté droit, sa tête était penchée du côté gauche comme celle d'un homme qui dort... Allons, assez, nom de Dieu! je n'y veux plus songer!

Qu'est-ce que cette obsession, pourtant? Pourquoi cette persistance? ses pieds étaient tout près du feu!

Il me hante, c'est fou, mais c'est ainsi. Qui, Il? Je sais bien qu'il n'existe pas, que ce n'est rien! Il n'existe que dans mon appréhension, que dans ma crainte, que dans mon angoisse! Allons, assez!...

Oui, mais j'ai beau me raisonner, me roidir, je

ne peux plus rester seul chez moi, parce qu'il y est. Je ne le verrai plus, je le sais, il ne se montrera plus, c'est fini cela. Mais il y est tout de même, dans ma pensée. Il demeure invisible, cela n'empêche qu'il y soit. Il est derrière les portes, dans l'armoire fermée, sous le lit, dans tous les coins obscurs, dans toutes les ombres. Si je tourne la porte, si j'ouvre l'armoire, si je baisse ma lumière sous le lit, si j'éclaire les coins, les ombres, il n'y est plus ; mais alors je le sens derrière moi. Je me retourne, certain cependant que je ne le verrai pas, que je ne le verrai plus. Il n'en est pas moins derrière moi, encore.

C'est stupide, mais c'est atroce. Que veux-tu ? Je n'y peux rien.

Mais si nous étions deux chez moi, je sens, oui, je sens assurément, qu'il n'y serait plus ! Car il est là parce que je suis seul, uniquement parce que je suis seul !

Mon oncle Sosthène

À Paul Ginisty[1].

Mon oncle Sosthène était un libre penseur comme il en existe beaucoup, un libre penseur par bêtise. On est souvent religieux de la même façon. La vue d'un prêtre le jetait en des fureurs inconcevables ; il lui montrait le poing, lui faisait des cornes, et touchait du fer derrière son dos, ce qui indique déjà une croyance, la croyance au mauvais œil. Or, quand il s'agit de croyances irraisonnées, il faut les avoir toutes ou n'en pas avoir du tout. Moi qui suis aussi libre penseur, c'est-à-dire un révolté contre tous les dogmes que fit inventer la peur de la mort, je n'ai pas de colère contre les temples, qu'ils soient catholiques, apostoliques, romains, protestants, russes, grecs, bouddhistes, juifs, musulmans. Et puis, moi, j'ai une façon de les considérer et de les expliquer. Un temple, c'est un hommage à l'inconnu. Plus la pensée s'élargit, plus l'inconnu diminue, plus les temples s'écroulent. Mais, au lieu d'y mettre des encensoirs, j'y placerais des télescopes et des microscopes et des machines électriques. Voilà[2] !

Mon oncle et moi nous différions sur presque tous les points. Il était patriote, moi je ne le suis pas, parce que, le patriotisme, c'est encore une religion. C'est l'œuf des guerres[1].

Mon oncle était franc-maçon. Moi, je déclare les francs-maçons plus bêtes que les vieilles dévotes. C'est mon opinion et je la soutiens. Tant qu'à avoir une religion, l'ancienne me suffirait.

Ces nigauds-là ne font qu'imiter les curés. Ils ont pour symbole un triangle au lieu d'une croix. Ils ont des églises qu'ils appellent des Loges avec un tas de cultes divers : le rite Écossais, le rite Français, le Grand-Orient[2], une série de balivernes à crever de rire.

Puis, qu'est-ce qu'ils veulent ? Se secourir mutuellement en se chatouillant le fond de la main. Je n'y vois pas de mal. Ils ont mis en pratique le précepte chrétien : « Secourez-vous les uns les autres. » La seule différence consiste dans le chatouillement. Mais, est-ce la peine de faire tant de cérémonies pour prêter cent sous à un pauvre diable ? Les religieux, pour qui l'aumône et le secours sont un devoir et un métier, tracent en tête de leurs épîtres trois lettres : J. M. J.[3]. Les francs-maçons posent trois points en queue de leur nom. Dos à dos, compères.

Mon oncle me répondait : « Justement nous élevons religion contre religion. Nous faisons de la libre pensée l'arme qui tuera le cléricalisme. La franc-maçonnerie est la citadelle où sont enrôlés tous les démolisseurs de divinités. »

Je ripostais : « Mais, mon bon oncle (au fond je disais : "vieille moule"), c'est justement ce que je vous reproche. Au lieu de détruire, vous organisez la concurrence : ça fait baisser les prix, voilà tout. Et puis encore, si vous n'admettiez parmi vous que des libres penseurs, je comprendrais ; mais vous recevez tout le monde. Vous avez des catholiques en masse, même des chefs du parti. Pie IX fut des vôtres, avant d'être pape[1]. Si vous appelez une Société ainsi composée une citadelle contre le cléricalisme, je la trouve faible, votre citadelle. »

Alors, mon oncle, clignant de l'œil, ajoutait : « Notre véritable action, notre action la plus formidable a lieu en politique. Nous sapons, d'une façon continue et sûre, l'esprit monarchique. »

Cette fois j'éclatais. « Ah ! oui, vous êtes des malins ! Si vous me dites que la Franc-Maçonnerie est une usine à élections, je vous l'accorde[2] ; qu'elle sert de machine à faire voter pour les candidats de toutes nuances, je ne le nierai jamais ; qu'elle n'a d'autre fonction que de berner le bon peuple, de l'enrégimenter pour le faire aller à l'urne comme on envoie au feu les soldats, je serai de votre avis ; qu'elle est utile, indispensable même à toutes les ambitions politiques parce qu'elle change chacun de ses membres en agent électoral, je vous crierai : "C'est clair comme le soleil !" Mais si vous me prétendez qu'elle sert à saper l'esprit monarchique, je vous ris au nez.

» Considérez-moi un peu cette vaste et mystérieuse association démocratique, qui a eu pour grand-maître, en France, le prince Napoléon sous l'Empire ; qui a pour grand-maître, en Allemagne, le prince héritier ; en Russie le frère du czar ; dont font partie le roi Humbert et le prince de Galles[3] ; et toutes les caboches couronnées du globe ! »

Cette fois mon oncle me glissait dans l'oreille : « C'est vrai, mais tous ces princes servent nos projets sans s'en douter.

— Et réciproquement, n'est-ce pas ? »

Et j'ajoutais en moi : « Tas de niais ! »

Et il fallait voir mon oncle Sosthène offrir à dîner à un franc-maçon.

Ils se rencontraient d'abord et se touchaient les mains avec un air mystérieux tout à fait drôle, on voyait qu'ils se livraient à une série de pressions secrètes. Quand je voulais mettre mon oncle en fureur je n'avais qu'à lui rappeler que les chiens aussi ont une manière toute franc-maçonnique de se reconnaître.

Puis mon oncle emmenait son ami dans les coins, comme pour lui confier des choses considérables ; puis, à table, face à face, ils avaient une façon de se considérer, de croiser leurs regards, de boire avec un coup d'œil comme pour se répéter sans cesse : « Nous en sommes, hein ? »

Et penser qu'ils sont ainsi des millions sur la terre qui s'amusent à ces simagrées ! J'aimerais encore mieux être jésuite.

Or, il y avait dans notre ville un vieux jésuite qui était la bête noire de mon oncle Sosthène. Chaque fois qu'il le rencontrait, ou seulement s'il l'apercevait de loin, il murmurait : « Crapule, va ! » Puis me prenant le bras, il me confiait dans l'oreille : « Tu verras que ce gredin-là me fera du mal un jour ou l'autre. Je le sens. »

Mon oncle disait vrai. Et voici comment l'accident se produisit par ma faute.

Nous approchions de la semaine sainte. Alors,

mon oncle eut l'idée d'organiser un dîner gras pour le vendredi, mais un vrai dîner, avec andouille et cervelas[1]. Je résistai tant que je pus; je disais: « Je ferai gras comme toujours ce jour-là, mais tout seul, chez moi. C'est idiot, votre manifestation. Pourquoi manifester ? En quoi cela vous gêne-t-il que des gens ne mangent pas de viande ? »

Mais mon oncle tint bon. Il invita trois amis dans le premier restaurant de la ville; et comme c'était lui qui payait, je ne refusai pas non plus de manifester.

Dès quatre heures, nous occupions une place en vue au café Pénélope, le mieux fréquenté; et mon oncle Sosthène, d'une voix forte, racontait notre menu.

À six heures on se mit à table. À dix heures, on mangeait encore; et nous avions bu, à cinq, dix-huit bouteilles de vin fin, plus quatre de champagne. Alors mon oncle proposa ce qu'il appelait la « tournée de l'archevêque ». On plaçait en ligne, devant soi, six petits verres qu'on remplissait avec des liqueurs différentes; puis il les fallait vider coup sur coup pendant qu'un des assistants comptait jusqu'à vingt. C'était stupide; mais mon oncle Sosthène trouvait cela « de circonstance ».

À onze heures, il était gris comme un chantre. Il le fallut emporter en voiture, et mettre au lit; et déjà on pouvait prévoir que sa manifestation anticléricale allait tourner en une épouvantable indigestion.

Comme je rentrais à mon logis, gris moi-même, mais d'une ivresse gaie, une idée machiavélique, et qui satisfaisait tous mes instincts de scepticisme, me traversa la tête.

Je rajustai ma cravate, je pris un air désespéré, et j'allai sonner comme un furieux à la porte du vieux jésuite. Il était sourd ; il me fit attendre. Mais comme j'ébranlais toute la maison à coups de pied, il parut enfin, en bonnet de coton, à sa fenêtre, et demanda : « Qu'est-ce qu'on me veut ? »

Je criai : « Vite, vite, mon révérend Père, ouvrez-moi ; c'est un malade désespéré qui réclame votre saint ministère ! »

Le pauvre bonhomme passa tout de suite un pantalon et descendit sans soutane. Je lui racontai d'une voix haletante, que mon oncle, le libre penseur, saisi soudain d'un malaise terrible qui faisait prévoir une très grave maladie, avait été pris d'une grande peur de la mort, et qu'il désirait le voir, causer avec lui, écouter ses conseils, connaître mieux les croyances, se rapprocher de l'Église, et, sans doute, se confesser, puis communier, pour franchir, en paix avec lui-même, le redoutable pas.

Et j'ajoutai d'un ton frondeur : « Il le désire, enfin. Si cela ne lui fait pas de bien cela ne lui fera toujours pas de mal. »

Le vieux jésuite, effaré, ravi, tout tremblant, me dit : « Attendez-moi une minute, mon enfant, je viens. » Mais j'ajoutai : « Pardon, mon révérend Père, je ne vous accompagnerai pas, mes convictions ne me le permettent point. J'ai même refusé de venir vous chercher ; aussi je vous prierai de ne pas avouer que vous m'avez vu, mais de vous dire prévenu de la maladie de mon oncle par une espèce de révélation. »

Le bonhomme y consentit et s'en alla, d'un pas rapide, sonner à la porte de mon oncle Sosthène.

La servante qui soignait le malade ouvrit bientôt ; et je vis la soutane noire disparaître dans cette forteresse de la libre pensée.

Je me cachai sous une porte voisine pour attendre l'événement. Bien portant, mon oncle eût assommé le jésuite, mais je le savais incapable de remuer un bras, et je me demandais avec une joie délirante quelle invraisemblable scène allait se jouer entre ces deux antagonistes ? Quelle lutte ? quelle explication ? quelle stupéfaction ? quel brouillamini ? et quel dénouement à cette situation sans issue, que l'indignation de mon oncle rendrait plus tragique encore !

Je riais tout seul à me tenir les côtes ; je me répétais à mi-voix : « Ah ! la bonne farce, la bonne farce ! »

Cependant il faisait froid, et je m'aperçus que le jésuite restait bien longtemps. Je me disais : « Ils s'expliquent. »

Une heure passa, puis deux, puis trois. Le révérend Père ne sortait point. Qu'était-il arrivé ? Mon oncle était-il mort de saisissement en le voyant ? Ou bien avait-il tué l'homme en soutane ? Ou bien s'étaient-ils entre-mangés ? Cette dernière supposition me sembla peu vraisemblable, mon oncle me paraissant en ce moment incapable d'absorber un gramme de nourriture de plus. Le jour se leva.

Inquiet, et n'osant pas entrer à mon tour, je me rappelai qu'un de mes amis demeurait juste en face. J'allai chez lui ; je lui dis la chose, qui l'étonna et le fit rire, et je m'embusquai à sa fenêtre.

À neuf heures, il prit ma place, et je dormis un peu. À deux heures, je le remplaçai à mon tour. Nous étions démesurément troublés.

À six heures, le jésuite sortit d'un air pacifique et satisfait, et nous le vîmes s'éloigner d'un pas tranquille.

Alors honteux et timide, je sonnai à mon tour à la porte de mon oncle. La servante parut. Je n'osai l'interroger, et je montai, sans rien dire.

Mon oncle Sosthène, pâle, défait, abattu, l'œil morne, les bras inertes, gisait dans son lit. Une petite image de piété était piquée au rideau avec une épingle.

On sentait fortement l'indigestion dans la chambre.

Je dis : « Eh bien, mon oncle, vous êtes couché ? Ça ne va donc pas ? »

Il répondit d'une voix accablée : « Oh ! mon pauvre enfant, j'ai été bien malade, j'ai failli mourir.

— Comment ça, mon oncle ?

— Je ne sais pas ; c'est bien étonnant. Mais ce qu'il y a de plus étrange, c'est que le père jésuite qui sort d'ici, tu sais, ce brave homme que je ne pouvais souffrir, eh bien, il a eu une révélation de mon état, et il est venu me trouver. »

Je fus pris d'un effroyable besoin de rire. « Ah ! vraiment ?

— Oui, il est venu. Il a entendu une voix qui lui disait de se lever et de venir parce que j'allais mourir. C'est une révélation. »

Je fis semblant d'éternuer pour ne pas éclater. J'avais envie de me rouler par terre.

Au bout d'une minute, je repris d'un ton indigné, malgré des fusées de gaieté : « Et vous l'avez reçu, mon oncle, vous ? un libre penseur ? un franc-maçon ? Vous ne l'avez pas jeté dehors ? »

Il parut confus, et balbutia : « Écoute donc, c'était si étonnant, si étonnant, si providentiel ! Et puis il m'a parlé de mon père. Il a connu mon père autrefois.

— Votre père, mon oncle ?

— Oui, il paraît qu'il a connu mon père.

— Mais ce n'est pas une raison pour recevoir un jésuite.

— Je le sais bien, mais j'étais malade, si malade ! Et il m'a soigné avec un grand dévouement toute la nuit. Il a été parfait. C'est lui qui m'a sauvé. Ils sont un peu médecins, ces gens-là.

— Ah ! il vous a soigné toute la nuit. Mais vous m'avez dit tout de suite qu'il sortait seulement d'ici.

— Oui, c'est vrai. Comme il s'était montré excellent à mon égard, je l'ai gardé à déjeuner. Il a mangé là auprès de mon lit, sur une petite table, pendant que je prenais une tasse de thé.

— Et... il a fait gras ? »

Mon oncle eut un mouvement froissé, comme si je venais de commettre une grosse inconvenance ; et il ajouta :

« Ne plaisante pas, Gaston, il y a des railleries déplacées. Cet homme m'a été en cette occasion plus dévoué qu'aucun parent ; j'entends qu'on respecte ses convictions. »

Cette fois, j'étais atterré ; je répondis néanmoins : « Très bien, mon oncle. Et après le déjeuner, qu'avez-vous fait ?

— Nous avons joué une partie de bésigue[1], puis il a dit son bréviaire, pendant que je lisais un petit livre qu'il avait sur lui, et qui n'est pas mal écrit du tout.

— Un livre pieux, mon oncle ?

— Oui et non, ou plutôt non, c'est l'histoire de leurs missions dans l'Afrique centrale[1]. C'est plutôt un livre de voyage et d'aventures. C'est très beau ce qu'ils ont fait là, ces hommes. »

Je commençais à trouver que ça tournait mal. Je me levai : « Allons, adieu, mon oncle, je vois que vous quittez la franc-maçonnerie pour la religion. Vous êtes un renégat. »

Il fut encore un peu confus et murmura : « Mais la religion est une espèce de franc-maçonnerie. »

Je demandai : « Quand revient-il, votre jésuite ? » Mon oncle balbutia : « Je... je ne sais pas, peut-être demain... ce n'est pas sûr. »

Et je sortis, absolument abasourdi.

Elle a mal tourné, ma farce ! Mon oncle est converti radicalement. Jusque-là, peu m'importait. Clérical ou franc-maçon, pour moi, c'est bonnet blanc et blanc bonnet ; mais le pis, c'est qu'il vient de tester, oui, de tester et de me déshériter, monsieur, en faveur du père jésuite.

Le Mal d'André

À Edgar Courtois[1].

La maison du notaire avait façade sur la place. Par derrière, un beau jardin bien planté s'étendait jusqu'au passage des Piques, toujours désert, dont il était séparé par un mur.

C'est au bout de ce jardin que la femme de Maître Moreau avait donné rendez-vous, pour la première fois, au capitaine Sommerive qui la poursuivait depuis longtemps.

Son mari était parti passer huit jours à Paris. Elle se trouvait donc libre pour la semaine entière. Le capitaine avait tant prié, l'avait implorée avec des paroles si douces ; elle était persuadée qu'il l'aimait si violemment, elle se sentait elle-même si isolée, si méconnue, si négligée au milieu des contrats dont s'occupait uniquement le notaire, qu'elle avait laissé prendre son cœur sans se demander si elle donnerait plus un jour.

Puis, après des mois d'amour platonique, de mains pressées, de baisers rapides volés derrière une porte, le capitaine avait déclaré qu'il quitterait immédiatement la ville en demandant son changement s'il n'obtenait pas un rendez-vous, un vrai rendez-vous, dans l'ombre des arbres, pendant l'absence du mari.

Elle avait cédé ; elle avait promis.

Elle l'attendait maintenant, blottie contre le mur, le cœur battant, tressaillant aux moindres bruits.

Tout à coup elle entendit qu'on escaladait le mur, et elle faillit se sauver. Si ce n'était pas lui ? Si c'était un voleur ? Mais non ; une voix appelait doucement « Mathilde ». Elle répondit « Étienne ». Et un homme tomba dans le chemin avec un bruit de ferraille.

C'était lui ! quel baiser !

Ils demeurèrent longtemps debout, enlacés, les lèvres unies. Mais tout à coup une pluie fine se mit à tomber, et les gouttes glissant de feuille en feuille faisaient dans l'ombre un frémissement d'eau. Elle tressaillit lorsqu'elle reçut la première goutte sur le cou.

Il lui disait : « Mathilde, ma chérie, mon adorée, mon amie, mon ange, entrons chez vous. Il est minuit, nous n'avons rien à craindre. Allons chez vous ; je vous supplie. »

Elle répondait : « Non, mon bien-aimé, j'ai peur. Qui sait ce qui peut nous arriver ? »

Mais il la tenait serrée en ses bras, et lui murmurait dans l'oreille : « Vos domestiques sont au troisième étage, sur la place. Votre chambre est au premier, sur le jardin. Personne ne nous entendra. Je vous aime, je veux t'aimer librement, tout entière, des pieds à la tête. » Et il l'étreignait avec violence, en l'affolant de baisers.

Elle résistait encore, effrayée, honteuse aussi.

Mais il la saisit par la taille, l'enleva et l'emporta, sous la pluie qui devenait terrible.

La porte était restée ouverte; ils montèrent à tâtons l'escalier; puis, lorsqu'ils furent entrés dans la chambre, elle poussa les verrous, pendant qu'il enflammait une allumette.

Mais elle tomba défaillante sur un fauteuil. Il se mit à ses genoux et, lentement, il la dévêtait, ayant commencé par les bottines et par les bas, pour baiser ses pieds.

Elle disait, haletante: «Non, non, Étienne, je vous en supplie, laissez-moi rester honnête; je vous en voudrais trop, après! c'est si laid, cela, si grossier! Ne peut-on s'aimer avec les âmes seulement... Étienne.»

Avec une adresse de femme de chambre, et une vivacité d'homme pressé, il déboutonnait, dénouait, dégrafait, délaçait sans repos. Et quand elle voulut se lever et fuir pour échapper à ses audaces, elle sortit brusquement de ses robes, de ses jupes et de son linge toute nue, comme une main sort d'un manchon.

Éperdue, elle courut vers le lit pour se cacher sous les rideaux. La retraite était dangereuse. Il l'y suivit. Mais comme il voulait la joindre et qu'il se hâtait, son sabre, détaché trop vite, tomba sur le parquet avec un bruit retentissant.

Aussitôt une plainte prolongée, un cri aigu et continu, un cri d'enfant partit de la chambre voisine, dont la porte était restée ouverte.

Elle murmura: «Oh! vous venez de réveiller André; il ne pourra pas se rendormir.»

Son fils avait quinze mois et il couchait près de sa mère, afin qu'elle pût sans cesse veiller sur lui.

Le capitaine, fou d'ardeur, n'écoutait pas. « Qu'importe ? qu'importe ? Je t'aime ; tu es à moi, Mathilde. »

Mais elle se débattait, désolée, épouvantée. « Non, non ! écoute comme il crie ; il va réveiller la nourrice. Si elle venait, que ferions-nous ? Nous serions perdus ! Étienne, écoute, quand il fait ça, la nuit, son père le prend dans notre lit pour le calmer. Il se tait tout de suite, tout de suite, il n'y a pas d'autre moyen. Laisse-moi le prendre, Étienne… »

L'enfant hurlait, poussait ces clameurs perçantes qui traversent les murs les plus épais, qu'on entend de la rue en passant près des logis.

Le capitaine, consterné, se releva, et Mathilde, s'élançant, alla chercher le mioche qu'elle apporta dans sa couche. Il se tut.

Étienne s'assit à cheval sur une chaise et roula une cigarette. Au bout de cinq minutes à peine, André dormait. La mère murmura : « Je vais le reporter maintenant. » Et elle alla reposer l'enfant dans son berceau avec des précautions infinies.

Quand elle revint, le capitaine l'attendait les bras ouverts.

Il l'enlaça, fou d'amour. Et elle, vaincue enfin, l'étreignant, balbutiait :

« Étienne… Étienne… mon amour ! Oh ! si tu savais comme… comme… »

André se remit à crier. Le capitaine, furieux, jura : « Nom de Dieu de chenapan ! Il ne va pas se taire, ce morveux-là ! »

Non, il ne se taisait pas, le morveux, il beuglait.

Mathilde crut entendre remuer au-dessus. C'était la nourrice qui venait sans doute. Elle s'élança, prit son fils, et le rapporta dans son lit. Il redevint muet aussitôt.

Trois fois de suite on le recoucha dans son berceau. Trois fois de suite il fallut le reprendre.

La capitaine Sommerive partit une heure avant l'aurore en sacrant à bouche que veux-tu[1].

Mais, pour calmer son impatience, Mathilde lui avait promis de le recevoir encore, le soir même.

Il arriva, comme la veille, mais plus impatient, plus enflammé, rendu furieux par l'attente.

Il eut soin de poser son sabre avec douceur, sur les deux bras d'un fauteuil ; il ôta ses bottes comme un voleur, et parla si bas que Mathilde ne l'entendait plus. Enfin, il allait être heureux, tout à fait heureux, quand le parquet ou quelque meuble, ou, peut-être, le lit lui-même, craqua. Ce fut un bruit sec comme si quelque support s'était brisé ; et, aussitôt un cri, faible d'abord, puis suraigu y répondit. André s'était réveillé.

Il glapissait comme un renard. S'il continuait ainsi, certes, toute la maison allait se lever.

La mère affolée s'élança et le rapporta. Le capitaine ne se releva pas. Il rageait. Alors, tout doucement, il étendit la main, prit entre deux doigts un peu de chair du marmot, n'importe où, à la cuisse ou bien au derrière, et il pinça. L'enfant se débattit, hurlant à déchirer les oreilles. Alors le capitaine, exaspéré, pinça plus fort, partout, avec fureur. Il saisissait vivement le bourrelet de peau et le tordait en le serrant violemment, puis le lâchait pour en prendre un autre à côté, puis un autre plus loin, puis encore un autre.

L'enfant poussait des clameurs de poulet qu'on égorge ou de chien qu'on flagelle. La mère éplorée l'embrassait, le caressait, tâchait de le calmer, d'étouffer ses cris sous les baisers. Mais André devenait violet comme s'il allait avoir des convulsions, et il agitait ses petits pieds et ses petites mains d'une façon effrayante et navrante.

Le capitaine dit d'une voix douce: « Essayez donc de le reporter dans son berceau; il s'apaisera peut-être. » Et Mathilde s'en alla vers l'autre chambre avec son enfant dans ses bras.

Dès qu'il fut sorti du lit de sa mère, il cria moins fort; et dès qu'il fut rentré dans le sien, il se tut, avec quelques sanglots encore, de temps en temps.

Le reste de la nuit fut tranquille; et le capitaine fut heureux.

La nuit suivante, il revint encore. Comme il parlait un peu fort, André se réveilla de nouveau et se mit à glapir. Sa mère bien vite l'alla chercher; mais le capitaine pinça si bien, si durement et si longtemps que le marmot suffoqua, les yeux tournés, l'écume aux lèvres.

On le remit en son berceau. Il se calma tout aussitôt.

Au bout de quatre jours, il ne pleurait plus pour aller dans le lit maternel.

Le notaire revint le samedi soir. Il reprit sa place au foyer et dans la chambre conjugale.

Il se coucha de bonne heure, étant fatigué du voyage; puis, dès qu'il eut bien retrouvé ses habitudes et accompli scrupuleusement tous ses devoirs d'homme honnête et méthodique, il s'étonna: « Tiens, mais André ne pleure pas, ce soir. Va donc le chercher un peu, Mathilde, ça me fait plaisir de le sentir entre nous deux. »

La femme aussitôt se leva et alla prendre l'enfant ; mais dès qu'il se vit dans ce lit où il aimait tant s'endormir quelques jours auparavant, le marmot épouvanté se tordit, et hurla si furieusement qu'il fallut le reporter en son berceau.

Maître Moreau n'en revenait pas : « Quelle drôle de chose ? Qu'est-ce qu'il a ce soir ? Peut-être qu'il a sommeil ? »

Sa femme répondit : « Il a été toujours comme ça pendant ton absence. Je n'ai pas pu le prendre une seule fois. »

Au matin, l'enfant réveillé se mit à jouer et à rire en remuant ses menottes.

Le notaire attendri accourut, embrassa son produit, puis l'enleva dans ses bras pour le rapporter dans la couche conjugale. André riait, du rire ébauché des petits êtres dont la pensée est vague encore. Tout à coup il aperçut le lit, sa mère dedans ; et sa petite figure heureuse se plissa, décomposée, tandis que des cris furieux sortaient de sa gorge et qu'il se débattait comme si on l'eût martyrisé.

Le père, étonné, murmura : « Il a quelque chose, cet enfant », et d'un mouvement naturel il releva sa chemise.

Il poussa un « ah ! » de stupeur. Les mollets, les cuisses, les reins, tout le derrière du petit étaient marbrés de taches bleues, grandes comme des sous.

Maître Moreau cria : « Mathilde, regarde, c'est affreux ! » La mère, éperdue, se précipita. Le milieu de chacune des taches semblait traversé d'une ligne violette où le sang était venu mourir. C'était là, certes, quelque maladie effroyable et bizarre, le commencement d'une sorte de lèpre, d'une de ces affections étranges où la peau devient tantôt pustuleuse comme le dos des crapauds, tantôt écailleuse comme celui des crocodiles.

Les parents éperdus se regardaient. Maître Moreau s'écria : « Il faut aller chercher le médecin. »

Mais Mathilde, plus pâle qu'une morte, contemplait fixement son fils aussi tacheté qu'un léopard. Et soudain, poussant un cri, un cri violent, irréfléchi, comme si elle eût aperçu quelqu'un qui l'emplissait d'horreur, elle jeta : « Oh ! le misérable !... »

M. Moreau, surpris, demanda : « Hein ? De qui parles-tu ? Quel misérable ? »

Elle devint rouge jusqu'aux cheveux et balbutia : « Rien... c'est... vois-tu... je devine... c'est... il ne faut pas aller chercher le médecin... c'est assurément cette misérable nourrice qui pince le petit pour le faire taire quand il crie. »

Le notaire, exaspéré, alla quérir la nourrice et faillit la battre. Elle nia avec effronterie, mais fut chassée.

Et sa conduite, signalée à la municipalité, l'empêcha de trouver d'autres places.

Le Pain maudit

À Henry Brainne[1].

I

Le père Taille avait trois filles. Anna, l'aînée, dont on ne parlait guère dans la famille, Rose la cadette âgée maintenant de dix-huit ans, et Claire, la dernière, encore gosse, qui venait de prendre son quinzième printemps.

Le père Taille, veuf aujourd'hui, était maître mécanicien dans la fabrique de boutons de M. Lebrument. C'était un brave homme, très considéré, très droit, très sobre, une sorte d'ouvrier modèle. Il habitait rue d'Angoulême[2], au Havre.

Quand Anna avait pris la clef des champs, comme on dit, le vieux était entré dans une colère épouvantable ; il avait menacé de tuer le séducteur, un blanc-bec, un chef de rayon d'un grand magasin de nouveautés de la ville. Puis, on lui avait dit de divers côtés que la petite se rangeait, qu'elle mettait de l'argent sur l'État, qu'elle ne courait pas, liée maintenant avec un homme d'âge, un juge au tribunal de commerce, M. Dubois ; et le père s'était calmé.

Il s'inquiétait même de ce qu'elle faisait ; demandait des renseignements sur sa maison à ses anciennes camarades qui avaient été la revoir ; et quand on lui affirmait qu'elle était dans ses meubles et qu'elle avait un tas de vases de couleur sur ses cheminées, des tableaux peints sur les murs, des pendules dorées et des tapis partout, un petit sourire content lui glissait sur les lèvres. Depuis trente ans il travaillait, lui, pour amasser cinq ou six pauvres mille francs ! La fillette n'était pas bête, après tout !

Or, voilà qu'un matin, le fils Touchard, dont le père était tonnelier au bout de la rue, vint lui demander la main de Rose, la seconde. Le cœur du vieux se mit à battre. Les Touchard étaient riches et bien posés ; il avait décidément de la chance dans ses filles.

La noce fut décidée ; et on résolut qu'on la ferait d'importance. Elle aurait lieu à Sainte-Adresse[1], au restaurant de la mère Jusa. Cela coûterait bon, par exemple, ma foi tant pis, une fois n'était pas coutume.

Mais un matin, comme le vieux était rentré au logis pour déjeuner, au moment où il se mettait à table avec ses deux filles, la porte s'ouvrit brusquement et Anna parut. Elle avait une toilette brillante, et des bagues, et un chapeau à plumes. Elle était gentille comme un cœur avec tout ça. Elle sauta au cou du père, qui n'eut pas le temps de dire « ouf », puis elle tomba en pleurant dans les bras de ses deux sœurs, puis elle s'assit en s'essuyant les yeux et demanda une assiette pour manger la soupe avec la famille. Cette fois, le père Taille fut attendri jusqu'aux larmes à son tour, et il répéta à plusieurs reprises : « C'est bien, ça, petite, c'est bien, c'est bien. » Alors, elle dit tout de suite son affaire. — Elle ne voulait pas qu'on fît la noce de Rose à Sainte-Adresse, elle ne voulait pas, ah mais non. On la ferait chez elle, donc, cette noce, et ça ne coûterait rien au père. Ses dispositions étaient prises, tout arrangé, tout réglé ; elle se chargerait de tout, voilà !

Le vieux répéta : « Ça, c'est bien, petite, c'est bien. » Mais un scrupule lui vint. Les Touchard consentiraient-ils ? Rose, la fiancée, surprise, demanda : « Pourquoi qu'ils ne voudraient pas, donc ? Laisse faire, je m'en charge, je vais en parler à Philippe, moi. »

Elle en parla à son prétendu, en effet le jour même ; et Philippe déclara que ça lui allait parfaitement. Le père et la mère Touchard furent aussi ravis de faire un bon dîner qui ne coûterait rien. Et ils disaient : « Ça sera bien, pour sûr, vu que M. Dubois roule sur l'or. »

Alors ils demandèrent la permission d'inviter une amie, Mlle Florence, la cuisinière des gens du premier. Anna consentit à tout.

Le mariage était fixé au dernier mardi du mois.

II

Après la formalité de la mairie et la cérémonie religieuse, la noce se dirigea vers la maison d'Anna. Les Taille avaient amené, de leur côté, un cousin d'âge, M. Sauvetanin, homme à réflexions philosophiques, cérémonieux et compassé, dont on attendait l'héritage, et une vieille tante, Mme Lamondois.

M. Sauvetanin avait été désigné pour offrir son bras à Anna. On les avait accouplés, les jugeant les deux personnes les plus importantes et les plus distinguées de la société.

Dès qu'on arriva devant la porte d'Anna, elle quitta immédiatement son cavalier et courut en avant en déclarant : « Je vais vous montrer le chemin. »

Elle monta, en courant, l'escalier, tandis que la procession des invités suivait plus lentement.

Dès que la jeune fille eut ouvert son logis, elle se rangea pour laisser passer le monde qui défilait devant elle en roulant des grands yeux et en tournant la tête de tous les côtés pour voir ce luxe mystérieux.

La table était mise dans le salon, la salle à manger ayant été jugée trop petite. Un restaurateur voisin avait loué les couverts, et les carafes pleines de vin luisaient sous un rayon de soleil qui tombait d'une fenêtre.

Les dames pénétrèrent dans la chambre à coucher pour se débarrasser de leurs châles et de leurs coiffures, et le père Touchard, debout sur la porte, clignait de l'œil vers le lit bas et large, et faisait aux hommes des petits signes farceurs et bienveillants. Le père Taille, très digne, regardait avec un orgueil intime l'ameublement somptueux de son enfant, et il allait de pièce en pièce, tenant toujours à la main son chapeau, inventoriant les objets d'un regard, marchant à la façon d'un sacristain dans une église.

Anna allait, venait, courait, donnait des ordres, hâtait le repas.

Enfin, elle apparut sur le seuil de la salle à manger démeublée, en criant : « Venez tous par ici une minute. » Les douze invités se précipitèrent et aperçurent douze verres de madère en couronne sur un guéridon.

Rose et son mari se tenaient par la taille, s'embrassaient déjà dans les coins. M. Sauvetanin ne quittait pas Anna de l'œil, poursuivi sans doute par cette ardeur, par cette attente qui remuent les hommes, même vieux et laids, auprès des femmes galantes, comme si elles devaient par métier, par obligation professionnelle, un peu d'elles à tous les mâles.

Puis on se mit à table, et le repas commença. Les parents occupaient un bout, les jeunes gens tout l'autre bout. Mme Touchard la mère présidait à droite, la jeune mariée présidait à gauche. Anna s'occupait de tous et de chacun, veillait à ce que les verres fussent toujours pleins et les assiettes toujours garnies. Une certaine gêne respectueuse, une certaine intimidation devant la richesse du logis et la solennité du service paralysaient les convives. On mangeait bien, on mangeait bon, mais on ne rigolait pas comme on doit rigoler dans les noces. On se sentait dans une atmosphère trop distinguée, cela gênait. Mme Touchard, la mère, qui aimait rire, tâchait d'animer la situation ; et, comme on arrivait au dessert, elle cria : « Dis donc, Philippe, chante-nous quelque chose. » Son fils passait dans sa rue pour posséder une des plus jolies voix du Havre.

Le marié aussitôt se leva, sourit, et se tournant vers sa belle-sœur, par politesse et par galanterie, il chercha quelque chose de circonstance, de grave, de comme il faut, qu'il jugeait en harmonie avec le sérieux du dîner.

Anna prit un air content et se renversa sur sa chaise pour écouter. Tous les visages devinrent attentifs et vaguement souriants.

Le chanteur annonça « Le Pain maudit[1] » et arrondissant le bras droit, ce qui fit remonter son habit dans son cou, il commença :

Il est un pain béni qu'à la terre économe
Il nous faut arracher d'un bras victorieux.
C'est le pain du travail, celui que l'honnête homme,
Le soir, à ses enfants, apporte tout joyeux.
Mais il en est un autre, à mine tentatrice,
Pain maudit que l'Enfer pour nous damner sema
(bis).
Enfants, n'y touchez pas, car c'est le pain du vice !
Chers enfants, gardez-vous de toucher ce pain-là !
(bis).

Toute la table applaudit avec frénésie. Le père Touchard déclara : « Ça, c'est tapé. » La cuisinière invitée tourna dans sa main un croûton qu'elle regardait avec attendrissement. M. Sauvetanin murmura : « Très bien ! » Et la tante Lamondois s'essuyait déjà les yeux avec sa serviette.

Le marié annonça : « Deuxième couplet », et le lança avec une énergie croissante :

Respect au malheureux qui, tout brisé par l'âge,
Nous implore en passant sur le bord du chemin,
Mais flétrissons celui qui, désertant l'ouvrage,
Alerte et bien portant, ose tendre la main.
Mendier sans besoin, c'est voler la vieillesse.
C'est voler l'ouvrier que le travail courba (bis).
Honte à celui qui vit du pain de la paresse,
Chers enfants, gardez-vous de toucher ce pain-là !
(bis).

Tous, même les deux servants restés debout contre les murs, hurlèrent en chœur le refrain. Les voix fausses et pointues des femmes faisaient détonner les voix grasses des hommes.

La tante et la mariée pleuraient tout à fait. Le père Taille se mouchait avec un bruit de trombone, et le père Touchard affolé brandissait un pain tout entier jusqu'au milieu de la table. La cuisinière amie laissait tomber des larmes muettes sur son croûton qu'elle tourmentait toujours.

M. Sauvetanin prononça au milieu de l'émotion générale : « Voilà des choses saines, bien différentes des gaudrioles. » Anna, troublée aussi, envoyait des baisers à sa sœur et lui montrait d'un signe amical son mari, comme pour la féliciter.

Le jeune homme, grisé par le succès, reprit :

Dans ton simple réduit, ouvrière gentille,
Tu sembles écouter la voix du tentateur !

Pauvre enfant, va, crois-moi, ne quitte pas l'aiguille.
Tes parents n'ont que toi, toi seule es leur bonheur.
Dans un luxe honteux trouveras-tu des charmes
Lorsque, te maudissant, ton père expirera? (bis).
Le pain du déshonneur se pétrit dans les larmes.
Chers enfants, gardez-vous de toucher ce pain-là!
(bis).

Seuls les deux servants et le père Touchard reprirent le refrain. Anna, toute pâle, avait baissé les yeux. Le marié, interdit, regardait autour de lui sans comprendre la cause de ce froid subit. La cuisinière avait soudain lâché son croûton comme s'il était devenu empoisonné.

M. Sauvetanin déclara gravement, pour sauver la situation: «Le dernier couplet est de trop.» Le père Taille, rouge jusqu'aux oreilles, roulait des regards féroces autour de lui.

Alors, Anna, qui avait les yeux pleins de larmes, dit aux valets d'une voix mouillée, d'une voix de femme qui pleure: «Apportez le champagne.»

Aussitôt une joie secoua les invités. Les visages redevinrent radieux. Et comme le père Touchard, qui n'avait rien vu, rien senti, rien compris, brandissait toujours son pain et chantait tout seul, en le montrant aux convives:

Chers enfants, gardez-vous de toucher ce pain-là,

toute la noce, électrisée en voyant apparaître les bouteilles coiffées d'argent, reprit avec un bruit de tonnerre:

Chers enfants, gardez-vous de toucher ce pain-là.

Le Cas de Mme Luneau

À Georges Duval[1].

Le juge de paix, gros, avec un œil fermé et l'autre à peine ouvert, écoute les plaignants d'un air mécontent. Parfois il pousse une sorte de grognement qui fait préjuger son opinion, et il interrompt d'une voix grêle comme celle d'un enfant pour poser des questions.

Il vient de régler l'affaire de M. Joly contre M. Petitpas, au sujet de la borne d'un champ qui aurait été déplacée par mégarde par le charretier de M. Petitpas, en labourant.

Il appelle l'affaire d'Hippolyte Lacour, sacristain et quincaillier, contre Mme Céleste-Césarine Luneau, veuve d'Anthime-Isidore.

Hippolyte Lacour a quarante-cinq ans; grand, maigre, portant des cheveux longs et rasé comme un homme d'église, il parle d'une voix lente, traînante et chantante.

Mme Luneau semble avoir quarante ans. Charpentée en lutteur, elle gonfle de partout sa robe étroite et collante. Ses hanches énormes supportent une poitrine débordante par devant, et, par derrière, des omoplates grasses comme des seins. Son cou large soutient une tête aux traits saillants, et sa voix pleine, sans être grave, pousse des notes qui font vibrer les vitres et les tympans. Enceinte, elle présente en avant un ventre énorme comme une montagne.

Les témoins à décharge attendent leur tour.

M. le juge de paix attaque la question.

« Hippolyte Lacour, exposez votre réclamation. »

Le plaignant prend la parole.

« Voilà, monsieur le juge de paix. Il y aura neuf mois à la Saint-Michel que Mme Luneau est venue me trouver, un soir, comme j'avais sonné l'*Angelus*, et elle m'exposa sa situation par rapport à sa stérilité... »

LE JUGE DE PAIX : Soyez plus explicite, je vous prie.

HYPPOLYTE : Je m'éclaircis, monsieur le juge. Or, qu'elle voulait un enfant et qu'elle me demandait ma participation. Je ne fis pas de difficultés, et elle me promit cent francs. La chose accordée et réglée, elle refuse aujourd'hui sa promesse. Je la réclame devant vous, monsieur le juge de paix.

LE JUGE DE PAIX : Je ne vous comprends pas du tout. Vous dites qu'elle voulait un enfant ? Comment ? Quel genre d'enfant ? Un enfant pour l'adopter ?

HYPPOLYTE : Non, monsieur le juge, un neuf.

LE JUGE DE PAIX : Qu'entendez-vous par ces mots : « Un neuf » ?

HIPPOLYTE : J'entends un enfant à naître, que nous aurions ensemble, comme si nous étions mari et femme.

LE JUGE DE PAIX : Vous me surprenez infiniment. Dans quel but pouvait-elle vous faire cette proposition anormale ?

HIPPOLYTE : Monsieur le juge, le but ne m'apparut pas au premier abord et je fus aussi un peu intercepté[1]. Comme je ne fais rien sans me rendre compte de tout, je voulus me pénétrer de ses raisons et elle me les énuméra.

Or, son époux, Anthime-Isidore, que vous avez connu comme vous et moi, était mort la semaine d'avant, avec tout son bien en retour à sa famille. Donc, la chose la contrariant, vu l'argent, elle s'en fut trouver un législateur qui la renseigna sur le cas d'une naissance dans les dix mois. Je veux dire que si elle accouchait dans les dix mois après l'extinction de feu Anthime-Isidore, le produit était considéré comme légitime et donnait droit à l'héritage.

Elle se résolut sur-le-champ à courir les conséquences et elle s'en vint me trouver à la sortie de l'église comme j'ai eu l'honneur de vous le dire, vu que je suis père légitime de huit enfants, tous viables, dont mon premier est épicier à Caen, département du Calvados, et uni en légitime mariage à Victoire-Élisabeth Rabou...

LE JUGE DE PAIX : Ces détails sont inutiles. Revenez au fait.

HIPPOLYTE : J'y entre, monsieur le juge. Donc elle me dit : « Si tu réussis, je te donnerai cent francs dès que j'aurai fait constater la grossesse par le médecin. »

Or, je me mis en état, monsieur le juge, d'être à même de la satisfaire. Au bout de six semaines ou deux mois, en effet, j'appris avec satisfaction la réussite. Mais ayant demandé les cent francs, elle me les refusa. Je les réclamai de nouveau à diverses reprises sans obtenir un radis. Elle me traita même de flibustier et d'impuissant, dont la preuve du contraire est de la regarder.

LE JUGE DE PAIX : Qu'avez-vous à dire, femme Luneau ?

MME LUNEAU : Je dis, monsieur le juge de paix, que cet homme est un flibustier !

LE JUGE DE PAIX : Quelle preuve apportez-vous à l'appui de cette assertion ?

MME LUNEAU, *rouge, suffoquant, balbutiant* : Quelle preuve ? quelle preuve ? Je n'en ai pas eu une, de preuve, de vraie, de preuve que l'enfant n'est pas à lui. Non, pas à lui, monsieur le juge, j'en jure sur la tête de mon défunt mari, pas à lui.

LE JUGE DE PAIX : À qui est-il donc, dans ce cas ?

MME LUNEAU, *bégayant de colère* : Je sais ti, moi, je sais ti ? À tout le monde, pardi. Tenez, v'là mes témoins, monsieur le juge ; les v'là tous. Ils sont six. Tirez-leur des dépositions, tirez-leur. Ils répondront...

LE JUGE DE PAIX : Calmez-vous, madame Luneau, calmez-vous, et répondez froidement. Quelles raisons avez-vous de douter que cet homme soit le père de l'enfant que vous portez ?

MME LUNEAU : Quelles raisons ? J'en ai cent pour une, cent, deux cents, cinq cents, dix mille, un million et plus, de raisons. Vu qu'après lui avoir fait la proposition que vous savez avec promesse de cent francs, j'appris qu'il était cocu, sauf votre respect, monsieur le juge, et que les siens n'étaient pas à lui, ses enfants, pas à lui, pas un.

HIPPOLYTE LACOUR, *avec calme*: C'est des menteries.

MME LUNEAU, *exaspérée*: Des menteries! des menteries! Si on peut dire! À preuve que sa femme s'est fait rencontrer par tout le monde, que je vous dis, par tout le monde. Tenez, v'là mes témoins, m'sieur le juge de paix. Tirez-leur des dépositions.

HIPPOLYTE LACOUR, *froidement*: C'est des menteries.

MME LUNEAU : Si on peut dire! Et les rouges, c'est-il toi qui les a faits, les rouges?

LE JUGE DE PAIX : Pas de personnalités, s'il vous plaît, ou je serai contraint de sévir.

MME LUNEAU : Donc, la doutance m'étant venue sur ses capacités, je me dis, comme on dit, que deux précautions valent mieux qu'une, et je contai mon affaire à Césaire Lepic, que voilà, mon témoin; qu'il me dit: « À votre disposition, madame Luneau », et qu'il m'a prêté son concours pour le cas où Hyppolyte aurait fait défaut. Mais vu qu'alors ça fut connu des autres témoins que je voulais me prémunir, il s'en est trouvé plus de cent, si j'avais voulu, monsieur le juge.

Le grand que vous voyez là, celui qui s'appelle Lucas Chandelier, m'a juré alors que j'avais tort de donner les cent francs à Hippolyte Lacour, vu qu'il n'avait pas fait plus que l's'autres qui ne réclamaient rien.

HIPPOLYTE : Fallait point me les promettre, alors. Moi, j'ai compté, monsieur le juge. Avec moi, pas d'erreur: chose promise, chose tenue.

MME LUNEAU, *hors d'elle*: Cent francs! cent francs! Cent francs pour ça, flibustier, cent francs!

Ils ne m'ont rien demandé, eusse, rien de rien. Tiens, les v'là, ils sont six. Tirez-leur des dépositions, monsieur le juge de paix, ils répondront pour sûr, ils répondront. *(À Hippolyte :)* Guète-les[1] donc, flibustier, s'ils te valent pas. Ils sont six, j'en aurais eu cent, deux cents, cinq cents, tant que j'aurais voulu, pour rien ! flibustier !

HIPPOLYTE : Quand y en aurait cent mille !...

MME LUNEAU : Oui, cent mille, si j'avais voulu...

HIPPOLYTE : Je n'en ai pas moins fait mon devoir... ça ne change pas nos conventions.

MME LUNEAU, *tapant à deux mains sur son ventre* : Eh bien, prouve que c'est toi, prouve-le, prouve-le, flibustier. J't'en défie !

HIPPOLYTE, *avec calme* : C'est p't-être pas plus moi qu'un autre. Ça n'empêche que vous m'avez promis cent francs pour ma part. Fallait pas vous adresser à tout le monde ensuite. Ça ne change rien. J'l'aurais bien fait tout seul.

MME LUNEAU : C'est pas vrai ! Flibustier ! Interpellez mes témoins, monsieur le juge de paix. Ils répondront pour sûr.

Le juge de paix appelle les témoins à décharge. Ils sont six, rouges, les mains ballantes, intimidés.

LE JUGE DE PAIX : Lucas Chandelier, avez-vous lieu de présumer que vous soyez le père de l'enfant que Mme Luneau porte dans son flanc ?

LUCAS CHANDELIER : Oui, m'sieu.

LE JUGE DE PAIX : Célestin-Pierre Sidoine, avez-vous lieu de présumer que vous soyez le père de l'enfant que Mme Luneau porte dans son flanc ?

CÉLESTIN-PIERRE SIDOINE : Oui, m'sieu.

(Les quatre autres témoins déposent identiquement de la même façon.)

Le juge de paix, après s'être recueilli, prononce :

« Attendu que si Hyppolyte Lacour a lieu de s'estimer le père de l'enfant que réclamait Mme Luneau, les nommés Lucas Chandelier, etc., etc., ont des raisons analogues, sinon prépondérantes, de réclamer la même paternité ;

» Mais attendu que Mme Luneau avait primitivement invoqué l'assistance de Hippolyte Lacour, moyennant une indemnité convenue et consentie de cent francs ;

» Attendu pourtant que si on peut estimer entière la bonne foi du sieur Lacour, il est permis de contester son droit strict[1] de s'engager d'une pareille façon, étant donné que le plaignant est marié, et tenu par la loi à rester fidèle à son épouse légitime ;

» Attendu, en outre, etc., etc., etc.,

» Condamne Mme Luneau à vingt-cinq francs de dommages-intérêts envers le sieur Hippolyte Lacour, pour perte de temps et détournement insolite. »

Un sage

Au baron de Vaux[1].

Blérot était mon ami d'enfance, mon plus cher camarade ; nous n'avions rien de secret. Nous étions liés par une amitié profonde des cœurs et des esprits, une intimité fraternelle, une confiance absolue l'un dans l'autre. Il me disait ses plus délicates pensées, jusqu'à ces petites hontes de la conscience qu'on ose à peine s'avouer à soi-même. J'en faisais autant pour lui.

J'avais été confident de toutes ses amours. Il l'avait été de toutes les miennes.

Quand il m'annonça qu'il allait se marier, j'en fus blessé comme d'une trahison. Je sentis que c'était fini de cette cordiale et absolue affection qui nous unissait. Sa femme était entre nous. L'intimité du lit établit entre deux êtres, même quand ils ont cessé de s'aimer, une sorte de complicité, d'alliance mystérieuse. Ils sont, l'homme et la femme, comme deux associés discrets qui se défient de tout le monde. Mais ce lien si serré, que noue le baiser conjugal, cesse brusquement du jour où la femme prend un amant.

Je me rappelle comme d'hier toute la cérémonie du mariage de Blérot. Je n'avais pas voulu assister au contrat[1], ayant peu de goût pour ces sortes d'événements ; j'allai seulement à la mairie et à l'église.

Sa femme, que je ne connaissais point, était une grande jeune fille, blonde, un peu mince, jolie, avec des yeux pâles, des cheveux pâles, un teint pâle, des mains pâles. Elle marchait avec un léger mouvement onduleux, comme si elle eût été portée par une barque. Elle semblait faire en avançant une suite de longues révérences gracieuses.

Blérot en paraissait fort amoureux. Il la regardait sans cesse, et je sentais frémir en lui un désir immodéré de cette femme.

J'allai le voir au bout de quelques jours. Il me dit : « Tu ne te figures pas comme je suis heureux. Je l'aime follement. D'ailleurs elle est... elle est... » Il n'acheva pas la phrase, mais posant deux doigts sur sa bouche, il fit un geste qui signifie : divine, exquise, parfaite, et bien d'autres choses encore.

Je demandai en riant : « Tant que ça ? »

Il répondit : « Tout ce que tu peux rêver ! »

Il me présenta. Elle fut charmante, familière comme il faut, me dit que la maison était mienne. Mais je sentais qu'il n'était plus mien, lui, Blérot. Notre intimité était coupée net. C'est à peine si nous trouvions quelque chose à nous dire.

Je m'en allai. Puis je fis un voyage en Orient. Je revins par la Russie, l'Allemagne, la Suède et la Hollande.

Je ne rentrai à Paris qu'après dix-huit mois d'absence.

Le lendemain de mon arrivée, comme j'errais sur le boulevard[1] pour reprendre l'air de Paris, j'aperçus, venant à moi, un homme fort pâle, aux traits creusés, qui ressemblait à Blérot autant qu'un phtisique décharné peut ressembler à un fort garçon rouge et bedonnant un peu. Je le regardais, surpris, inquiet, me demandant : « Est-ce lui ? » Il me vit, poussa un cri, tendit les bras. J'ouvris les miens, et nous nous embrassâmes en plein boulevard.

Après quelques allées et venues de la rue Drouot au Vaudeville[2], comme nous nous disposions à nous séparer, car il paraissait déjà exténué d'avoir marché, je lui dis : « Tu n'as pas l'air bien portant. Es-tu malade ? » Il répondit : « Oui, un peu souffrant. »

Il avait l'apparence d'un homme qui va mourir ; et un flot d'affection me monta au cœur pour ce vieux et si cher ami, le seul que j'aie jamais eu. Je lui serrai les mains.

« Qu'est-ce que tu as donc ? Souffres-tu ?

— Non, un peu de fatigue. Ce n'est rien.

— Que dit ton médecin ?...

— Il parle d'anémie et m'ordonne du fer et de la viande rouge. »

Un soupçon me traversa l'esprit. Je demandai :

« Es-tu heureux ?

— Oui, très heureux.

— Tout à fait heureux ?

— Tout à fait.

— Ta femme ?...

— Charmante. Je l'aime plus que jamais. »

Mais je m'aperçus qu'il avait rougi. Il paraissait embarrassé comme s'il eût craint de nouvelles questions. Je lui saisis le bras, je le poussai dans un café vide à cette heure, je le fis asseoir de force, et, les yeux dans les yeux :

« Voyons, mon vieux René, dis-moi la vérité. » Il balbutia : « Mais je n'ai rien à te dire. »

Je repris d'une voix ferme : « Ce n'est pas vrai. Tu es malade, malade de cœur sans doute, et tu n'oses révéler à personne ton secret. C'est quelque chagrin qui te ronge. Mais tu me le diras à moi. Voyons, j'attends. »

Il rougit encore, puis bégaya, en tournant la tête :

« C'est stupide !... mais je suis... je suis foutu !... »

Comme il se taisait, je repris : « Çà, voyons, parle. » Alors, il prononça brusquement, comme s'il eût jeté hors de lui une pensée torturante, inavouée encore :

« Eh bien ! j'ai une femme qui me tue... voilà. »

Je ne comprenais pas. « Elle te rend malheureux ? Elle te fait souffrir jour et nuit ? Mais comment ? En quoi ? »

Il murmura d'une voix faible, comme s'il se fût confessé d'un crime : « Non... je l'aime trop. »

Je demeurai interdit devant cet aveu brutal. Puis une envie de rire me saisit, puis, enfin, je pus répondre :

« Mais il me semble que tu... que tu pourrais... l'aimer moins. »

Il était redevenu très pâle. Il se décida enfin à me parler à cœur ouvert, comme autrefois :

« Non. Je ne peux pas. Et je meurs. Je le sais. Je meurs. Je me tue. Et j'ai peur. Dans certains jours, comme aujourd'hui, j'ai envie de la quitter, de m'en aller pour tout à fait, de partir au bout du monde, pour vivre, pour vivre longtemps. Et puis, quand le soir vient, je rentre à la maison, malgré moi, à petits pas, l'esprit torturé. Je monte l'escalier lentement. Je songe. Elle est là, assise dans un fauteuil. Elle me dit: "Comme tu viens tard." Je l'embrasse. Puis nous nous mettons à table. Je pense tout le temps pendant le repas: "Je vais sortir après le dîner et je prendrai le train pour aller n'importe où." Mais quand nous retournons au salon, je me sens tellement fatigué que je n'ai plus le courage de me lever. Je reste. Et puis... et puis... Je succombe toujours... »

Je ne pus m'empêcher de sourire encore. Il le vit et reprit: « Tu ris, mais je t'assure que c'est horrible.

— Pourquoi, lui dis-je, ne préviens-tu pas ta femme? À moins d'être un monstre, elle comprendrait. »

Il haussa les épaules. « Oh! tu en parles à ton aise. Si je ne la préviens pas, c'est que je connais sa nature. As-tu jamais entendu dire de certaines femmes:

» "Elle en est à son troisième mari"? Oui, n'est-ce pas, et cela t'a fait sourire, comme tout à l'heure. Et pourtant, c'était vrai. Qu'y faire? Ce n'est ni sa faute, ni la mienne. Elle est ainsi, parce que la nature l'a faite ainsi. Elle a, mon cher, un tempérament de Messaline. Elle l'ignore, mais je le sais bien, tant pis pour moi. Et elle est charmante, douce, tendre, trouvant naturelles et modérées nos caresses folles qui m'épuisent, qui me tuent. Elle a l'air d'une pensionnaire ignorante. Et elle est ignorante, la pauvre enfant.

» Oh! je prends chaque jour des résolutions

énergiques. Comprends donc que je meurs. Mais il me suffit d'un regard de ses yeux, un de ces regards où je lis le désir ardent de ses lèvres, et je succombe aussitôt, me disant : "C'est la dernière fois. Je ne veux plus de ces baisers mortels." Et puis, quand j'ai encore cédé, comme aujourd'hui, je sors, je vais devant moi en pensant à la mort ; en me disant que je suis perdu, que c'est fini.

» J'ai l'esprit tellement frappé, tellement malade, qu'hier j'ai été faire un tour au Père-Lachaise. Je regardais ces tombes alignées comme des dominos. Et je pensais : "Je serai là, bientôt." Je suis rentré, bien résolu à me dire malade, à la fuir. Je n'ai pas pu.

» Oh ! tu ne connais pas cela. Demande à un fumeur que la nicotine empoisonne s'il peut renoncer à son habitude délicieuse et mortelle. Il te dira qu'il a essayé cent fois sans y parvenir. Et il ajoutera : "Tant pis. J'aime mieux en mourir." Je suis ainsi. Quand on est pris dans l'engrenage d'une pareille passion ou d'un pareil vice, il faut y passer tout entier. »

Il se leva, me tendit la main. Une colère tumultueuse m'envahissait, une colère haineuse contre cette femme, contre la femme, contre cet être inconscient, charmant, terrible. Il boutonnait son paletot pour s'en aller. Je lui jetai brutalement par la face : « Mais, sacrebleu, donne-lui des amants plutôt que de te laisser tuer ainsi. »

Il haussa encore les épaules, sans répondre, et s'éloigna.

Je fus six mois sans le revoir. Je m'attendais chaque matin à recevoir une lettre de faire-part me priant à son enterrement. Mais je ne voulais point mettre les pieds chez lui, obéissant à un sentiment compliqué, fait de mépris pour cette femme et, pour lui, de colère, d'indignation, de mille sensations diverses.

Je me promenais aux Champs-Élysées par un beau jour de printemps. C'était un de ces après-midi tièdes qui remuent en nous des joies secrètes, qui nous allument les yeux et versent sur nous un tumultueux bonheur de vivre. Quelqu'un me frappa sur l'épaule. Je me retournai : c'était lui ; c'était lui, superbe, bien portant, rose, gras, ventru.

Il me tendit les deux mains, épanoui de plaisir, et criant : « Te voilà donc, lâcheur ? »

Je le regardais, perclus de surprise : « Mais... oui. Bigre, mes compliments. Tu as changé depuis six mois. »

Il devint cramoisi, et reprit, en riant faux : « On fait ce qu'on peut. »

Je le regardais avec une obstination qui le gênait visiblement. Je prononçai : « Alors, tu es... tu es guéri ? »

Il balbutia très vite : « Oui, tout à fait. Merci. » Puis, changeant de ton : « Quelle chance de te rencontrer, mon vieux. Hein ! on va se revoir maintenant, et souvent j'espère ? »

Mais je ne lâchais point mon idée. Je voulais savoir. Je demandai : « Voyons, tu te rappelles bien la confidence que tu m'as faite, voilà six mois... Alors..., alors..., tu résistes maintenant. »

Il articula en bredouillant : « Mettons que je ne t'ai rien dit, et laisse-moi tranquille. Mais, tu sais, je te trouve et je te garde. Tu viens dîner à la maison. »

Une envie folle me saisit soudain de voir cet intérieur, de comprendre. J'acceptai.

Deux heures plus tard, il m'introduisait chez lui.

Sa femme me reçut d'une façon charmante. Elle avait un air simple, adorablement naïf et distingué qui ravissait les yeux. Ses longues mains, sa joue, son cou, étaient d'une blancheur et d'une finesse exquises ; c'était là de la chair fine et noble, de la chair de race. Et elle marchait toujours avec ce long mouvement de chaloupe comme si chaque jambe, à chaque pas, eût légèrement fléchi.

René l'embrassa sur le front, fraternellement et demanda : « Lucien n'est pas encore arrivé ? »

Elle répondit, d'une voix claire et légère : « Non, pas encore, mon ami. Tu sais qu'il est toujours un peu en retard. »

Le timbre retentit. Un grand garçon parut, fort brun, avec des joues velues et un aspect d'hercule mondain. On nous présenta l'un à l'autre. Il s'appelait : Lucien Delabarre.

René et lui se serrèrent énergiquement les mains. Et puis on se mit à table.

Le dîner fut délicieux, plein de gaieté. René ne cessait de me parler, familièrement, cordialement, franchement, comme autrefois. C'était : « Tu sais, mon vieux. Dis donc, mon vieux. Écoute, mon vieux. » Puis soudain il s'écriait : « Tu ne te doutes pas du plaisir que j'ai à te retrouver. Il me semble que je renais. »

Je regardais sa femme et l'autre. Ils demeuraient parfaitement corrects. Il me sembla pourtant une ou deux fois qu'ils échangeaient un rapide et furtif coup d'œil.

Dès qu'on eut achevé le repas, René se tournant vers sa femme déclara : « Ma chère amie, j'ai retrouvé Pierre et je l'enlève ; nous allons bavarder le long du boulevard, comme jadis. Tu nous pardonneras cette équipée... de garçons. Je te laisse d'ailleurs M. Delabarre. »

La jeune femme sourit et me dit, en me tendant la main : « Ne le gardez pas trop longtemps. »

Et nous voilà, bras dessus, bras dessous, dans la rue. Alors, voulant savoir à tout prix : « Voyons, que s'est-il passé ? Dis-moi ?... » Mais il m'interrompit brusquement, et du ton grognon d'un homme tranquille qu'on dérange sans raison, il répondit : « Ah ça ! mon vieux, fiche-moi donc la paix avec tes questions ! » Puis il ajouta à mi-voix, comme se parlant à lui-même, avec cet air convaincu des gens qui ont pris une sage résolution : « C'était trop bête de se laisser crever comme ça, à la fin. »

Je n'insistai pas. Nous marchions vite. Nous nous mîmes à bavarder. Et tout à coup il me souffla dans l'oreille : « Si nous allions voir des filles, hein ? »

Je me mis à rire franchement. « Comme tu voudras. Allons, mon vieux. »

Le Parapluie

À Camille Oudinot[1].

Mme Oreille était économe. Elle savait la valeur d'un sou et possédait un arsenal de principes sévères sur la multiplication de l'argent. Sa bonne, assurément, avait grand mal à faire danser l'anse du panier ; et M. Oreille n'obtenait sa monnaie de poche qu'avec une extrême difficulté. Ils étaient à leur aise, pourtant, et sans enfants ; mais Mme Oreille éprouvait une vraie douleur à voir les pièces blanches[2] sortir de chez elle. C'était comme une déchirure pour son cœur ; et, chaque fois qu'il lui avait fallu faire une dépense de quelque importance, bien qu'indispensable, elle dormait fort mal la nuit suivante.

Oreille répétait sans cesse à sa femme :

« Tu devrais avoir la main plus large, puisque nous ne mangeons jamais nos revenus. »

Elle répondait :

« On ne sait jamais ce qui peut arriver. Il vaut mieux avoir plus que moins. »

C'était une petite femme de quarante ans, vive, ridée, propre et souvent irritée.

Son mari, à tout moment, se plaignait des privations qu'elle lui faisait endurer. Il en était certaines qui lui devenaient particulièrement pénibles, parce qu'elles atteignaient sa vanité.

Il était commis principal au ministère de la Guerre, demeuré là uniquement pour obéir à sa femme, pour augmenter les rentes inutilisées de la maison[1].

Or, pendant deux ans, il vint au bureau avec le même parapluie rapiécé qui donnait à rire à ses collègues. Las enfin de leurs quolibets, il exigea que Mme Oreille lui achetât un nouveau parapluie. Elle en prit un de huit francs cinquante, article de réclame d'un grand magasin[2]. Les employés en apercevant cet objet jeté dans Paris par milliers recommencèrent leurs plaisanteries, et Oreille en souffrit horriblement. Le parapluie ne valait rien. En trois mois, il fut hors de service, et la gaieté devint générale dans le ministère. On fit même une chanson qu'on entendait du matin au soir, du haut en bas de l'immense bâtiment.

Oreille, exaspéré, ordonna à sa femme de lui choisir un nouveau riflard[3], en soie fine, de vingt francs, et d'apporter une facture justificative.

Elle en acheta un de dix-huit francs, et déclara, rouge d'irritation, en le remettant à son époux :

« Tu en as là pour cinq ans au moins. »

Oreille, triomphant, obtint un vrai succès au bureau.

Lorsqu'il rentra le soir, sa femme, jetant un regard inquiet sur le parapluie, lui dit :

« Tu ne devrais pas le laisser serré avec l'élastique, c'est le moyen de couper la soie. C'est à toi d'y veiller, parce que je ne t'en achèterai pas un de sitôt. »

Elle le prit, dégrafa l'anneau et secoua les plis. Mais elle demeura saisie d'émotion. Un trou rond, grand comme un centime, lui apparut au milieu du parapluie. C'était une brûlure de cigare !

Elle balbutia :

« Qu'est-ce qu'il a ? »

Son mari répondit tranquillement, sans regarder :

« Qui, quoi ? Que veux-tu dire ? »

La colère l'étranglait maintenant ; elle ne pouvait plus parler :

« Tu... tu... tu as brûlé... ton... ton... parapluie. Mais tu... tu... tu es donc fou !... Tu veux nous ruiner ! »

Il se retourna, se sentant pâlir :

« Tu dis ?

— Je dis que tu as brûlé ton parapluie. Tiens !... »

Et, s'élançant vers lui comme pour le battre, elle lui mit violemment sous le nez la petite brûlure circulaire.

Il restait éperdu devant cette plaie, bredouillant :

« Ça, ça... qu'est-ce que c'est ? Je ne sais pas, moi ! Je n'ai rien fait, rien, je te le jure. Je ne sais pas ce qu'il a, moi, ce parapluie ? »

Elle criait maintenant :

« Je parie que tu as fait des farces avec lui dans ton bureau, que tu as fait le saltimbanque, que tu l'as ouvert pour le montrer. »

Il répondit :

« Je l'ai ouvert une seule fois pour montrer comme il était beau. Voilà tout. Je te le jure. »

Mais elle trépignait de fureur, et elle lui fit une de ces scènes conjugales qui rendent le foyer familial plus redoutable pour un homme pacifique qu'un champ de bataille où pleuvent les balles.

Elle ajusta une pièce avec un morceau de soie coupé sur l'ancien parapluie, qui était de couleur différente ; et, le lendemain, Oreille partit, d'un air humble, avec l'instrument raccommodé. Il le posa dans son armoire et n'y pensa plus que comme on pense à quelque mauvais souvenir.

Mais, à peine fut-il rentré, le soir, sa femme lui saisit son parapluie dans les mains, l'ouvrit pour constater son état, et demeura suffoquée devant un désastre irréparable. Il était criblé de petits trous provenant évidemment de brûlures, comme si on eût vidé dessus la cendre d'une pipe allumée. Il était perdu, perdu sans remède.

Elle contemplait cela sans dire un mot, trop indignée pour qu'un son pût sortir de sa gorge. Lui aussi, il constatait le dégât et il restait stupide, épouvanté, consterné.

Puis ils se regardèrent ; puis il baissa les yeux ; puis il reçut par la figure l'objet crevé qu'elle lui jetait ; puis elle cria, retrouvant sa voix dans un emportement de fureur :

« Ah ! canaille ! canaille ! Tu en as fait exprès ! Mais tu me le payeras ! Tu n'en auras plus... »

Et la scène recommença. Après une heure de tempête, il put enfin s'expliquer. Il jura qu'il n'y comprenait rien ; que cela ne pouvait provenir que de malveillance ou de vengeance.

Un coup de sonnette le délivra. C'était un ami qui devait dîner chez eux.

Mme Oreille lui soumit le cas. Quant à acheter

un nouveau parapluie, c'était fini, son mari n'en aurait plus.

L'ami argumenta avec raison :

« Alors, madame, il perdra ses habits, qui valent certes davantage. »

La petite femme, toujours furieuse, répondit :

« Alors, il prendra un parapluie de cuisine[1], je ne lui en donnerai pas un nouveau en soie. »

À cette pensée, Oreille se révolta.

« Alors je donnerai ma démission, moi ! Mais je n'irai pas au ministère avec un parapluie de cuisine. »

L'ami reprit :

« Faites recouvrir celui-là, ça ne coûte pas très cher. »

Mme Oreille exaspérée balbutiait :

« Il faut au moins huit francs pour le faire recouvrir. Huit francs et dix-huit, cela fait vingt-six ! Vingt-six francs pour un parapluie, mais c'est de la folie ! c'est de la démence ! »

L'ami, bourgeois pauvre, eut une inspiration :

« Faites-le payer par votre assurance. Les compagnies paient les objets brûlés, pourvu que le dégât ait eu lieu dans votre domicile. »

À ce conseil, la petite femme se calma net ; puis, après une minute de réflexion, elle dit à son mari :

« Demain, avant de te rendre à ton ministère, tu iras dans les bureaux de *La Maternelle*[2] faire constater l'état de ton parapluie et réclamer le payement. »

M. Oreille eut un soubresaut.

« Jamais de la vie je n'oserai ! C'est dix-huit francs de perdus, voilà tout. Nous n'en mourrons pas. »

Et il sortit le lendemain avec une canne. Il faisait beau heureusement.

Restée seule à la maison, Mme Oreille ne pouvait se consoler de la perte de ses dix-huit francs. Elle avait le parapluie sur la table de la salle à manger, et elle tournait autour, sans parvenir à prendre une résolution.

La pensée de l'Assurance lui revenait à tout instant, mais elle n'osait pas non plus affronter les regards railleurs des messieurs qui la recevraient, car elle était timide devant le monde, rougissant pour un rien, embarrassée dès qu'il lui fallait parler à des inconnus.

Cependant le regret des dix-huit francs la faisait souffrir comme une blessure. Elle n'y voulait plus songer, et sans cesse le souvenir de cette perte la martelait douloureusement. Que faire cependant ? Les heures passaient ; elle ne se décidait à rien. Puis, tout à coup, comme les poltrons qui deviennent crânes, elle prit sa résolution.

« J'irai, et nous verrons bien ! »

Mais il lui fallait d'abord préparer le parapluie pour que le désastre fût complet et la cause facile à soutenir. Elle prit une allumette sur la cheminée et fit, entre les baleines, une grande brûlure, large comme la main ; puis elle roula délicatement ce qui restait de la soie, la fixa avec le cordelet élastique, mit son châle et son chapeau, et descendit d'un pied pressé vers la rue de Rivoli où se trouvait l'Assurance.

Mais, à mesure qu'elle approchait, elle ralentissait le pas. Qu'allait-elle dire ? Qu'allait-on lui répondre ?

Elle regardait les numéros des maisons. Elle en

avait encore vingt-huit. Très bien ! elle pouvait réfléchir. Elle allait de moins en moins vite. Soudain elle tressaillit. Voici la porte, sur laquelle brille en lettres d'or : « *La Maternelle*, Compagnie d'Assurances contre l'incendie. » Déjà ! Elle s'arrêta une seconde, anxieuse, honteuse, puis passa, puis revint, puis passa de nouveau, puis revint encore.

Elle se dit enfin :

« Il faut y aller, pourtant. Mieux vaut plus tôt que plus tard. »

Mais, en pénétrant dans la maison, elle s'aperçut que son cœur battait.

Elle entra dans une vaste pièce avec des guichets tout autour ; et, par chaque guichet, on apercevait une tête d'homme dont le corps était masqué par un treillage.

Un monsieur parut, portant des papiers. Elle s'arrêta et, d'une petite voix timide :

« Pardon, monsieur, pourriez-vous me dire où il faut s'adresser pour se faire rembourser les objets brûlés ? »

Il répondit, avec un timbre sonore :

« Premier, à gauche. Au bureau des sinistres. »

Ce mot l'intimida davantage encore ; et elle eut envie de se sauver, de ne rien dire, de sacrifier ses dix-huit francs. Mais à la pensée de cette somme, un peu de courage lui revint, et elle monta, essoufflée, s'arrêtant à chaque marche.

Au premier, elle aperçut une porte, elle frappa. Une voix claire cria :

« Entrez ! »

Elle entra, et se vit dans une grande pièce où trois messieurs, debout, décorés, solennels, causaient.

Un d'eux lui demanda :

« Que désirez-vous, madame ? »

Elle ne trouvait plus ses mots, elle bégaya :

« Je viens... je viens... pour... pour un sinistre. »

Le monsieur, poli, montra un siège.

« Donnez-vous la peine de vous asseoir, je suis à vous dans une minute. »

Et, retournant vers les deux autres, il reprit la conversation.

« La Compagnie, messieurs, ne se croit pas engagée envers vous pour plus de quatre cent mille francs. Nous ne pouvons admettre vos revendications pour les cent mille francs que vous prétendez nous faire payer en plus. L'estimation d'ailleurs... »

Un des deux autres l'interrompit :

« Cela suffit, monsieur, les tribunaux décideront. Nous n'avons plus qu'à nous retirer. »

Et ils sortirent après plusieurs saluts cérémonieux.

Oh ! si elle avait osé partir avec eux, elle l'aurait fait ; elle aurait fui, abandonnant tout ! Mais le pouvait-elle ? Le monsieur revint et, s'inclinant :

« Qu'y a-t-il pour votre service, madame ? »

Elle articula péniblement :

« Je viens pour... pour ceci. »

Le directeur baissa les yeux, avec un étonnement naïf, vers l'objet qu'elle lui tendait.

Elle essayait, d'une main tremblante, de détacher l'élastique. Elle y parvint après quelques efforts, et ouvrit brusquement le squelette loqueteux du parapluie.

L'homme prononça, d'un ton compatissant :

« Il me paraît bien malade. »

Elle déclara avec hésitation :

« Il m'a coûté vingt francs. »

Il s'étonna :

« Vraiment ! Tant que ça ?

— Oui, il était excellent. Je voulais vous faire constater son état.

— Fort bien ; je vois. Fort bien. Mais je ne saisis pas en quoi cela peut me concerner. »

Une inquiétude la saisit. Peut-être cette compagnie-là ne payait-elle pas les menus objets, et elle dit :

« Mais… il est brûlé… »

Le monsieur ne nia pas :

« Je le vois bien. »

Elle restait bouche béante, ne sachant plus que dire ; puis, soudain, comprenant son oubli, elle prononça avec précipitation :

« Je suis Mme Oreille. Nous sommes assurés à *La Maternelle* ; et je viens vous réclamer le prix de ce dégât. »

Elle se hâta d'ajouter dans la crainte d'un refus positif :

« Je demande seulement que vous le fassiez recouvrir. »

Le directeur, embarrassé, déclara :

« Mais… madame… nous ne sommes pas marchands de parapluies. Nous ne pouvons nous charger de ces genres de réparations. »

La petite femme sentait l'aplomb lui revenir. Il fallait lutter. Elle lutterait donc ! Elle n'avait plus peur ; elle dit :

« Je demande seulement le prix de la réparation. Je la ferai bien faire moi-même. »

Le monsieur semblait confus :

« Vraiment, madame c'est bien peu. On ne nous demande jamais d'indemnité pour des accidents d'une si minime importance. Nous ne pouvons rembourser, convenez-en, les mouchoirs, les gants, les balais, les savates, tous les petits objets qui sont exposés chaque jour à subir des avaries par la flamme. »

Elle devint rouge, sentant la colère l'envahir :

« Mais, monsieur, nous avons eu au mois de décembre dernier, un feu de cheminée qui nous a causé au moins pour cinq cents francs de dégâts ; M. Oreille n'a rien réclamé à la compagnie ; aussi il est bien juste aujourd'hui qu'elle me paie mon parapluie ! »

Le directeur, devinant le mensonge, dit en souriant :

« Vous avouerez, madame, qu'il est bien étonnant que M. Oreille, n'ayant rien demandé pour un dégât de cinq cents francs, vienne réclamer une réparation de cinq ou six francs pour un parapluie. »

Elle ne se troubla point et répliqua :

« Pardon, monsieur, le dégât de cinq cents francs concernait la bourse de M. Oreille, tandis que le dégât de dix-huit francs concerne la bourse de Mme Oreille, ce qui n'est pas la même chose. »

Il vit qu'il ne s'en débarrasserait pas et qu'il allait perdre sa journée, et il demanda avec résignation :

« Veuillez me dire alors comment l'accident est arrivé. »

Elle sentit la victoire et se mit à raconter :

« Voilà, monsieur : j'ai dans mon vestibule une espèce de chose en bronze où l'on pose les parapluies et les cannes. L'autre jour donc, en rentrant, je plaçai dedans celui-là. Il faut vous dire qu'il y a juste au-dessus une planchette pour mettre les bougies et les allumettes. J'allonge le bras et je prends quatre allumettes. J'en frotte une ; elle rate. J'en frotte une autre ; elle s'allume et s'éteint aussitôt. J'en frotte une troisième ; elle en fait autant. »

Le directeur l'interrompit pour placer un mot d'esprit.

« C'étaient donc des allumettes du gouvernement[1] ? »

Elle ne comprit pas, et continua :

« Ça se peut bien. Toujours est-il que la quatrième prit feu et j'allumai ma bougie ; puis je rentrai dans ma chambre pour me coucher. Mais au bout d'un quart d'heure, il me sembla qu'on sentait le brûlé. Moi j'ai toujours peur du feu. Oh ! si nous avons jamais un sinistre, ce ne sera pas ma faute ! Surtout depuis le feu de cheminée dont je vous ai parlé, je ne vis pas. Je me relève donc, je sors, je cherche, je sens partout comme un chien de chasse, et je m'aperçois enfin que mon parapluie brûle. C'est probablement une allumette qui était tombée dedans. Vous voyez dans quel état ça l'a mis... »

Le directeur en avait pris son parti ; il demanda :

« À combien estimez-vous le dégât ? »

Elle demeura sans parole, n'osant pas fixer un chiffre. Puis elle dit, voulant être large :

« Faites-le réparer vous-même. Je m'en rapporte à vous. »

Il refusa :

« Non, madame, je ne peux pas. Dites-moi combien vous demandez.

— Mais... il me semble... que... Tenez, monsieur, je ne veux pas gagner sur vous, moi... nous allons faire une chose. Je porterai mon parapluie chez un fabricant qui le recouvrira en bonne soie, en soie durable, et je vous apporterai la facture. Ça vous va-t-il ?

— Parfaitement, madame ; c'est entendu. Voici un mot pour la caisse, qui remboursera votre dépense. »

Et il tendit une carte à Mme Oreille, qui la saisit, puis se leva et sortit en remerciant, ayant hâte d'être dehors, de crainte qu'il ne changeât d'avis.

Elle allait maintenant d'un pas gai par la rue, cherchant un marchand de parapluies qui lui parût élégant. Quand elle eut trouvé une boutique d'allure riche, elle entra et dit, d'une voix assurée :

« Voici un parapluie à recouvrir en soie, en très bonne soie. Mettez-y ce que vous avez de meilleur. Je ne regarde pas au prix. »

Le Verrou

À Raoul Denisane[1].

Les quatre verres devant les dîneurs restaient à moitié pleins maintenant, ce qui indique généralement que les convives le sont tout à fait. On commençait à parler sans écouter les réponses, chacun ne s'occupant que de ce qui se passait en lui ; et les voix devenaient éclatantes, les gestes exubérants, les yeux allumés.

C'était un dîner de garçons, de vieux garçons endurcis. Ils avaient fondé ce repas régulier, une vingtaine d'années auparavant, en le baptisant : « le Célibat[2] ». Ils étaient alors quatorze bien décidés à ne jamais prendre femme. Ils restaient quatre maintenant. Trois étaient morts, et les sept autres mariés.

Ces quatre-là tenaient bon ; et ils observaient scrupuleusement, autant qu'il était en leur pouvoir, les règles établies au début de cette curieuse association. Ils s'étaient juré, les mains dans les mains, de détourner de ce qu'on appelle le droit chemin toutes les femmes qu'ils pourraient, de préférence celle des amis, de préférence encore celle des amis les plus intimes. Aussi, dès que l'un d'eux quittait la société pour fonder une famille, il avait soin de se fâcher d'une façon définitive avec tous ses anciens compagnons.

Ils devaient, en outre, à chaque dîner, s'entre-confesser, se raconter avec tous les détails et les noms, et les renseignements les plus précis, leurs dernières aventures. D'où cette espèce de dicton devenu familier entre eux : « Mentir comme un célibataire. »

Ils professaient, en outre, le mépris le plus complet pour la Femme, qu'ils traitaient de « Bête à plaisir ». Ils citaient à tout instant Schopenhauer, leur dieu ; réclamaient le rétablissement des harems et des tours[1], avaient fait broder sur le linge de table qui servait au dîner du Célibat, ce précepte ancien : « *Mulier, perpetuus infans*[2] » et, au-dessous, le vers d'Alfred de Vigny :

La femme, enfant malade et douze fois impure[3] !

De sorte qu'à force de mépriser les femmes, ils ne pensaient qu'à elles, ne vivaient que pour elles, tendaient vers elles tous leurs efforts, tous leurs désirs.

Ceux d'entre eux qui s'étaient mariés, les appelaient vieux galantins, les plaisantaient et les craignaient.

C'était juste au moment de boire le champagne que devaient commencer les confidences au dîner du Célibat.

Ce jour-là, ces vieux, car ils étaient vieux à présent, et plus ils vieillissaient, plus ils racontaient de surprenantes bonnes fortunes, ces vieux furent intarissables. Chacun des quatre, depuis un mois, avait séduit au moins une femme par jour ; et quelles femmes ! les plus jeunes, les plus nobles, les plus riches, les plus belles !

Quand ils eurent terminé leurs récits, l'un d'eux, celui qui, ayant parlé le premier, avait dû, ensuite, écouter les autres, se leva. « Maintenant que nous avons fini de blaguer, dit-il, je me propose de vous raconter, non pas ma dernière, mais ma première aventure, j'entends la première aventure de ma vie, ma première chute (car c'est une chute) dans les bras d'une femme. Oh ! je ne vais pas vous narrer mon... comment dirai-je ?... mon tout premier début, non. Le premier fossé sauté (je dis fossé au figuré) n'a rien d'intéressant. Il est généralement boueux, et on s'en relève un peu sali avec une charmante illusion de moins, un vague dégoût, une pointe de tristesse. Cette réalité de l'amour, la première fois qu'on la touche, répugne un peu ; on la rêvait tout autre, plus délicate, plus fine. Il vous en reste une sensation morale et physique d'écœurement comme lorsqu'on a mis la main, par hasard, en des choses poisseuses, et qu'on n'a pas d'eau pour se laver. On a beau frotter, ça reste.

» Oui, mais comme on s'y accoutume bien, et vite ! Je te crois, qu'on s'y fait ! Cependant... cependant, pour ma part, j'ai toujours regretté de n'avoir pas pu donner de conseils au Créateur au moment où il a organisé cette chose-là. Qu'est-ce que j'aurais imaginé ; je ne le sais pas au juste ; mais je crois que je l'aurais arrangée autrement. J'aurais cherché une combinaison plus convenable et plus poétique, oui, plus poétique[1].

» Je trouve que le bon Dieu s'est montré vraiment trop... trop... naturaliste. Il a manqué de poésie dans son invention.

» Donc, ce que je veux vous raconter, c'est ma première femme du monde, la première femme du monde que j'ai séduite. Pardon, je veux dire la première femme du monde qui m'a séduit. Car, au début, c'est nous qui nous laissons prendre, tandis que, plus tard... c'est la même chose. »

*

C'était une amie de ma mère, une femme charmante d'ailleurs. Ces êtres-là, quand ils sont chastes, c'est généralement par bêtise, et quand ils sont amoureux, ils sont enragés. On nous accuse de les corrompre ! Ah bien, oui ! Avec elles, c'est toujours le lapin qui commence, et jamais le chasseur. Oh ! elles n'ont pas l'air d'y toucher, je le sais, mais elles y touchent ; elles font de nous ce qu'elles veulent sans que cela paraisse ; et puis elles nous accusent de les avoir perdues, déshonorées, avilies, que sais-je ?

Celle dont je parle nourrissait assurément une furieuse envie de se faire avilir par moi. Elle avait peut-être trente-cinq ans ; j'en comptais à peine vingt-deux. Je ne songeais pas plus à la séduire que je ne pensais à me faire trappiste. Or, un jour, comme je lui rendais visite, et que je considérais avec étonnement son costume, un peignoir du matin considérablement ouvert, ouvert comme une porte d'église quand on sonne la messe, elle me prit la main, la serra, vous savez, la serra comme elles serrent dans ces moments-là, et avec un soupir demi-pâmé, ces soupirs qui viennent d'en bas, elle me dit : « Oh ! ne me regardez pas comme ça, mon enfant. »

Je devins plus rouge qu'une tomate et plus timide encore que d'habitude, naturellement. J'avais bien envie de m'en aller, mais elle me tenait la main, et ferme. Elle la posa sur sa poitrine, une poitrine bien nourrie ; et elle me dit : « Tenez, sentez mon cœur, comme il bat. » Certes, il battait. Moi, je commençais à saisir, mais je ne savais comment m'y prendre, ni par où commencer. J'ai changé depuis.

Comme je demeurais toujours une main appuyée sur la grasse doublure de son cœur, et l'autre main tenant mon chapeau, et comme je continuais à la regarder avec un sourire confus, un sourire niais, un sourire de peur, elle se redressa soudain, et, d'une voix irritée : « Ah çà, que faites-vous, jeune homme, vous êtes indécent et malappris. » Je retirai ma main bien vite, je cessai de sourire, et je balbutiai des excuses, et je me levai, et je m'en allai abasourdi, la tête perdue.

Mais j'étais pris, je rêvai d'elle. Je la trouvais charmante, adorable ; je me figurai que je l'aimais, que je l'avais toujours aimée, je résolus d'être entreprenant, téméraire même !

Quand je la revis, elle eut pour moi un petit sourire en coulisse. Oh ! ce petit sourire, comme il me troubla. Et sa poignée de main fut longue, avec une insistance significative.

À partir de ce jour je lui fis la cour, paraît-il. Du moins elle m'affirma depuis que je l'avais séduite, captée, déshonorée, avec un rare machiavélisme, une habileté consommée, une persévérance de mathématicien, et des ruses d'Apache.

Mais une chose me troublait étrangement. En quel lieu s'accomplirait mon triomphe ? J'habitais dans ma famille, et ma famille, sur ce point, se montrait intransigeante. Je n'avais pas l'audace nécessaire pour franchir, une femme au bras, une porte d'hôtel en plein jour ; je ne savais à qui demander conseil.

Or, mon amie, en causant avec moi d'une façon badine, m'affirma que tout jeune homme devait avoir une chambre en ville. Nous habitions à Paris. Ce fut un trait de lumière, j'eus une chambre ; elle y vint.

Elle y vint un jour de novembre. Cette visite que j'aurais voulu différer me troubla beaucoup parce que je n'avais pas de feu. Et je n'avais pas de feu parce que ma cheminée fumait. La veille justement j'avais fait une scène à mon propriétaire, un ancien commerçant, et il m'avait promis de venir lui-même avec le fumiste, avant deux jours, pour examiner attentivement les travaux à exécuter.

Dès qu'elle fut entrée, je lui déclarai : « Je n'ai pas de feu, parce que ma cheminée fume. » Elle n'eut pas l'air de m'écouter, elle balbutia : « Ça ne fait rien, j'en ai... » Et comme je demeurais surpris, elle s'arrêta toute confuse ; puis reprit : « Je ne sais plus ce que je dis... je suis folle... je perds la tête... Qu'est-ce que je fais, Seigneur ! Pourquoi suis-je venue, malheureuse ! Oh, quelle honte ! » Et elle s'abattit en sanglotant dans mes bras.

Je crus à ses remords et je lui jurai que je la respecterais. Alors elle s'écroula à mes genoux en gémissant : « Mais tu ne vois donc pas que je t'aime, que tu m'as vaincue, affolée ! »

Aussitôt je crus opportun de commencer les approches. Mais elle tressaillit, se releva, s'enfuit jusque dans une armoire pour se cacher, en criant : « Oh ! ne me regardez pas, non, non. Ce jour me fait honte. Au moins si tu ne me voyais pas, si nous étions dans l'ombre, la nuit, tous les deux. Y songes-tu ? Quel rêve ! Oh ! ce jour ! »

Je me précipitai sur la fenêtre, je fermai les contrevents, je croisai les rideaux, je pendis un paletot sur un filet de lumière qui passait encore ; puis, les mains étendues pour ne pas tomber sur les chaises, le cœur palpitant, je la cherchai, je la trouvai.

Ce fut un nouveau voyage, à deux, à tâtons, les lèvres unies, vers l'autre coin où se trouvait mon alcôve. Nous n'allions pas droit, sans doute, car je rencontrai d'abord la cheminée, puis la commode, puis enfin ce que nous cherchions.

Alors j'oubliai tout dans une extase frénétique. Ce fut une heure de folie, d'emportement, de joie surhumaine ; puis, une délicieuse lassitude nous ayant envahis, nous nous endormîmes, aux bras l'un de l'autre.

Et je rêvai. Mais voilà que dans mon rêve il me sembla qu'on m'appelait, qu'on criait au secours ; puis je reçus un coup violent ; j'ouvris les yeux !...

Oh !... Le soleil couchant, rouge, magnifique, entrant tout entier par ma fenêtre grande ouverte, semblait nous regarder du bord de l'horizon, illuminait d'une lueur d'apothéose mon lit tumultueux, et, couchée dessus, une femme éperdue, qui hurlait, se débattait, se tortillait, s'agitait des pieds et des mains pour saisir un bout de drap, un coin de rideau, n'importe quoi, tandis que, debout au milieu de la chambre, effarés, côte à côte, mon propriétaire en redingote, flanqué du concierge et d'un fumiste noir comme un diable, nous contemplait avec des yeux stupides.

Je me dressai furieux, prêt à lui sauter au collet, et je criai : « Que faites-vous chez moi, nom de Dieu ! »

Le fumiste, pris d'un rire irrésistible, laissa tomber la plaque de tôle qu'il portait à la main. Le concierge semblait devenu fou ; et le propriétaire balbutia : « Mais, monsieur, c'était... c'était... pour la cheminée... la cheminée... » Je hurlai : « F...ichez le camp, nom de Dieu ! »

Alors il retira son chapeau d'un air confus et poli, et, s'en allant à reculons, murmura : « Pardon, monsieur, excusez-moi, si j'avais cru vous déranger, je ne serais pas venu. Le concierge m'avait affirmé que vous étiez sorti. Excusez-moi. » Et ils partirent.

Depuis ce temps-là, voyez-vous, je ne ferme jamais les fenêtres ; mais je pousse toujours les verrous[1].

Rencontre

À Édouard Rod[1].

Ce fut un hasard, un vrai hasard. Le baron d'Étraille, fatigué de rester debout, entra, tous les appartements de la princesse étant ouverts ce soir de fête, dans la chambre à coucher déserte et presque sombre au sortir des salons illuminés.

Il cherchait un siège où dormir, certain que sa femme ne voudrait point partir avant le jour. Il aperçut dès la porte le large lit d'azur à fleurs d'or, dressé au milieu de la vaste pièce, pareil à un catafalque où aurait été enseveli l'amour, car la princesse n'était plus jeune. Par derrière, une grande tache claire donnait la sensation d'un lac vu par une haute fenêtre. C'était la glace, immense, discrète, habillée de draperies sombres qu'on laissait tomber quelquefois, qu'on avait souvent relevées ; et la glace semblait regarder la couche, sa complice. On eût dit qu'elle avait des souvenirs, des regrets, comme ces châteaux que hantent les spectres des morts, et qu'on allait voir passer sur sa face unie et vide ces formes charmantes qu'ont les hanches nues des femmes, et les gestes doux des bras quand ils enlacent.

Le baron s'était arrêté souriant, un peu ému au seuil de cette chambre d'amour. Mais soudain, quelque chose apparut dans la glace comme si les fantômes évoqués eussent surgi devant lui. Un homme et une femme, assis sur un divan très bas caché dans l'ombre, s'étaient levés. Et le cristal poli, reflétant leurs images, les montrait debout et se baisant aux lèvres avant de se séparer.

Le baron reconnut sa femme et le marquis de Cervigné. Il se retourna et s'éloigna en homme fort et maître de lui ; et il attendait que le jour vînt pour emmener la baronne ; mais il ne songeait plus à dormir.

Dès qu'il fut seul avec elle, il lui dit :

« Madame, je vous ai vue tout à l'heure dans la chambre de la princesse de Raynes. Je n'ai point besoin de m'expliquer davantage. Je n'aime ni les reproches, ni les violences, ni le ridicule. Voulant éviter ces choses, nous allons nous séparer sans bruit. Les hommes d'affaires régleront votre situation suivant mes ordres. Vous serez libre de vivre à votre guise n'étant plus sous mon toit, mais je vous préviens que si quelque scandale a lieu, comme vous continuerez à porter mon nom, je serai forcé de me montrer sévère. »

Elle voulut parler ; il l'en empêcha, s'inclina et rentra chez lui.

Il se sentait plutôt étonné et triste que malheureux. Il l'avait beaucoup aimée dans les premiers temps de leur mariage. Cette ardeur s'était peu à peu refroidie, et maintenant il avait souvent des caprices, soit au théâtre, soit dans le monde, tout en gardant néanmoins un certain goût pour la baronne.

Elle était fort jeune, vingt-quatre ans à peine, petite, singulièrement blonde, et maigre, trop maigre. C'était une poupée de Paris, fine, gâtée, élégante, coquette, assez spirituelle, avec plus de charme que de beauté. Il disait familièrement à son frère en parlant d'elle : « Ma femme est charmante, provocante, seulement... elle ne vous laisse rien dans la main. Elle ressemble à ces verres de champagne où tout est mousse. Quand on a fini par trouver le fond, c'est bon tout de même, mais il y en a trop peu. »

Il marchait dans sa chambre, de long en large, agité et songeant à mille choses. Par moments, des souffles de colère le soulevaient et il sentait des envies brutales d'aller casser les reins du marquis ou le souffleter au cercle. Puis il constatait que cela serait de mauvais goût, qu'on rirait de lui et non de l'autre, et que ces emportements lui venaient bien plus de sa vanité blessée que de son cœur meurtri. Il se coucha, mais ne dormit point.

On apprit dans Paris, quelques jours plus tard, que le baron et la baronne d'Étraille s'étaient séparés à l'amiable pour incompatibilité d'humeur. On ne soupçonna rien, on ne chuchota pas et on ne s'étonna point.

Le baron, cependant, pour éviter des rencontres qui lui seraient pénibles, voyagea pendant un an, puis il passa l'été suivant aux bains de mer, l'automne à chasser et il revint à Paris pour l'hiver. Pas une fois il ne vit sa femme.

Il savait qu'on ne disait rien d'elle. Elle avait

soin, au moins, de garder les apparences. Il n'en demandait pas davantage.

Il s'ennuya, voyagea encore, puis restaura son château de Villebosc, ce qui lui demanda deux ans, puis il y reçut ses amis, ce qui l'occupa quinze mois au moins ; puis, fatigué de ce plaisir usé, il rentra dans son hôtel de la rue de Lille, juste six années après la séparation.

Il avait maintenant quarante-cinq ans, pas mal de cheveux blancs, un peu de ventre, et cette mélancolie des gens qui ont été beaux, recherchés, aimés et qui se détériorent tous les jours.

Un mois après son retour à Paris, il prit froid en sortant du cercle et se mit à tousser. Son médecin lui ordonna d'aller finir l'hiver à Nice.

Il partit donc, un lundi soir, par le rapide.

Comme il se trouvait en retard, il arriva alors que le train se mettait en marche. Il y avait une place dans un coupé[1], il y monta. Une personne était déjà installée sur le fauteuil du fond, tellement enveloppée de fourrures et de manteaux qu'il ne put même deviner si c'était un homme ou une femme. On n'apercevait rien d'elle qu'un long paquet de vêtements. Quand il vit qu'il ne saurait rien, le baron, à son tour, s'installa, mit sa toque de voyage[2], déploya ses couvertures, se roula dedans, s'étendit et s'endormit.

Il ne se réveilla qu'à l'aurore, et tout de suite il regarda vers son compagnon. Il n'avait point bougé de toute la nuit et il semblait encore en plein sommeil.

M. d'Étraille en profita pour faire sa toilette du matin, brosser sa barbe et ses cheveux, refaire l'aspect de son visage que la nuit change si fort, si fort, quand on atteint un certain âge.

Le grand poète a dit :

Quand on est jeune, on a des matins triomphants[1] *!*

Quand on est jeune, on a de magnifiques réveils, avec la peau fraîche, l'œil luisant, les cheveux brillants de sève.

Quand on vieillit, on a des réveils lamentables. L'œil terne, la joue rouge et bouffie, la bouche épaisse, les cheveux en bouillie et la barbe mêlée donnent au visage un aspect vieux, fatigué, fini.

Le baron avait ouvert son nécessaire de voyage et il rajusta sa physionomie en quelques coups de brosse. Puis il attendit.

Le train siffla, s'arrêta. Le voisin fit un mouvement. Il était sans doute réveillé. Puis la machine repartit. Un rayon de soleil oblique entrait maintenant dans le wagon et tombait juste en travers du dormeur, qui remua de nouveau, donna quelques coups de tête comme un poulet qui sort de sa coquille, et montra tranquillement son visage.

C'était une jeune femme blonde, toute fraîche, fort jolie et grasse. Elle s'assit.

Le baron, stupéfait, la regardait. Il ne savait plus ce qu'il devait croire. Car vraiment on eût juré que c'était… que c'était sa femme, mais sa femme extraordinairement changée… à son avantage, engraissée, oh ! engraissée autant que lui-même, mais en mieux.

Elle le regarda tranquillement, parut ne pas le reconnaître, et se débarrassa avec placidité des étoffes qui l'entouraient.

Elle avait l'assurance calme d'une femme sûre d'elle-même, l'audace insolente du réveil, se sachant, se sentant en pleine beauté, en pleine fraîcheur.

Le baron perdait vraiment la tête.

Était-ce sa femme ? Ou une autre qui lui aurait ressemblé comme une sœur ? Depuis six ans qu'il ne l'avait vue, il pouvait se tromper.

Elle bâilla. Il reconnut son geste. Mais de nouveau elle se tourna vers lui et le parcourut, le couvrit d'un regard tranquille, indifférent, d'un regard qui ne sait rien, puis elle considéra la campagne.

Il demeura éperdu, horriblement perplexe. Il attendit, la guettant de côté, avec obstination.

Mais oui, c'était sa femme, morbleu ! Comment pouvait-il hésiter ? Il n'y en avait pas deux avec ce nez-là ? Mille souvenirs lui revenaient, des souvenirs de caresses, des petits détails de son corps, un grain de beauté sur la hanche, un autre au dos, en face du premier. Comme il les avait souvent baisés ! Il se sentait envahi par une griserie ancienne, retrouvant l'odeur de sa peau, son sourire quand elle lui jetait ses bras sur les épaules, les intonations douces de sa voix, toutes ses câlineries gracieuses.

Mais, comme elle était changée, embellie, c'était elle et ce n'était plus elle. Il la trouvait plus mûre, plus faite, plus femme, plus séduisante, plus désirable, adorablement désirable.

Donc cette femme étrangère, inconnue, rencontrée par hasard dans un wagon était à lui, lui appartenant de par la loi. Il n'avait qu'à dire : « Je veux. »

Il avait jadis dormi dans ses bras, vécu dans son amour. Il la retrouvait maintenant si changée qu'il la reconnaissait à peine. C'était une autre et c'était elle en même temps : c'était une autre, née, formée, grandie depuis qu'il l'avait quittée ; c'était elle aussi qu'il avait possédée, dont il retrouvait les attitudes modifiées, les traits anciens plus formés, le sourire moins mignard, les gestes plus assurés. C'étaient deux femmes en une, mêlant une grande part d'inconnu nouveau à une grande part de souvenir aimé. C'était quelque chose de singulier, de troublant, d'excitant, une sorte de mystère d'amour où flottait une confusion délicieuse. C'était sa femme dans un corps nouveau, dans une chair nouvelle que ses lèvres n'avaient point parcourus.

Et il pensait, en effet, qu'en six années tout change en nous. Seul le contour demeure reconnaissable, et quelquefois même il disparaît.

Le sang, les cheveux, la peau, tout recommence, tout se reforme. Et quand on est demeuré longtemps sans se voir, on retrouve un autre être tout différent, bien qu'il soit le même et qu'il porte le même nom.

Et le cœur aussi peut varier, les idées aussi se modifient, se renouvellent, si bien qu'en quarante ans de vie nous pouvons, par de lentes et constantes transformations, devenir quatre ou cinq êtres absolument nouveaux et différents.

Il songeait, troublé jusqu'à l'âme. La pensée lui vint brusquement du soir où il l'avait surprise dans la chambre de la princesse. Aucune fureur ne l'agita. Il n'avait pas sous les yeux la même femme, la petite poupée maigre et vive de jadis.

Qu'allait-il faire ? Comment lui parler ? Que lui dire ? L'avait-elle reconnu, elle ?

Le train s'arrêtait de nouveau. Il se leva, salua et prononça : « Berthe, n'avez-vous besoin de rien ? Je pourrais vous apporter... »

Elle le regarda des pieds à la tête et répondit, sans étonnement, sans confusion, sans colère, avec une placide indifférence : « Non — de rien — merci. »

Il descendit et fit quelques pas sur le quai pour se secouer comme pour reprendre ses sens après une chute. Qu'allait-il faire maintenant ? Monter dans un autre wagon ? Il aurait l'air de fuir. Se montrer galant, empressé ? Il aurait l'air de demander pardon. Parler comme un maître ? Il aurait l'air d'un goujat, et puis, vraiment, il n'en avait plus le droit.

Il remonta et reprit sa place.

Elle aussi, pendant son absence, avait fait vivement sa toilette. Elle était étendue maintenant sur le fauteuil, impassible et radieuse.

Il se tourna vers elle et lui dit : « Ma chère Berthe, puisqu'un hasard bien singulier nous remet en présence après six ans de séparation, de séparation sans violence, allons-nous continuer à nous regarder comme deux ennemis irréconciliables. Nous sommes enfermés en tête-à-tête ? Tant pis ou tant mieux. Moi je ne m'en irai pas. Donc n'est-il pas préférable de causer comme... comme... comme... des... amis, jusqu'au terme de notre route ? »

Elle répondit tranquillement : « Comme vous voudrez. »

Alors il demeura court, ne sachant que dire.

Puis, ayant l'audace, il s'approcha, s'assit sur le fauteuil du milieu, et d'une voix galante: «Je vois qu'il faut vous faire la cour, soit. C'est d'ailleurs un plaisir, car vous êtes charmante. Vous ne vous figurez point comme vous avez gagné depuis six ans. Je ne connais pas de femme qui m'ait donné la sensation délicieuse que j'ai eue en vous voyant sortir de vos fourrures, tout à l'heure. Vraiment, je n'aurais pas cru possible un tel changement...»

Elle prononça, sans remuer la tête, et sans le regarder: «Je ne vous en dirai pas autant, car vous avez beaucoup perdu.»

Il rougit, confus et troublé, puis avec un sourire résigné: «Vous êtes dure.»

Elle se tourna vers lui: «Pourquoi? Je constate. Vous n'avez pas l'intention de m'offrir votre amour, n'est-ce pas? Donc il est absolument indifférent que je vous trouve bien ou mal. Mais je vois que ce sujet vous est pénible. Parlons d'autre chose. Qu'avez-vous fait depuis que je ne vous ai vu?»

Il avait perdu contenance, il balbutia: «Moi? j'ai voyagé, j'ai chassé, j'ai vieilli, comme vous le voyez. Et vous?»

Elle déclara avec sérénité: «Moi, j'ai gardé les apparences comme vous l'aviez ordonné.»

Un mot brutal lui vint aux lèvres. Il ne le dit pas, mais prenant la main de sa femme, il la baisa: «Et je vous en remercie.»

Elle fut surprise. Il était fort vraiment, et toujours maître de lui.

Il reprit: «Puisque vous avez consenti à ma première demande, voulez-vous maintenant que nous causions sans aigreur?»

Elle eut un petit geste de mépris : « De l'aigreur. Mais je n'en ai pas. Vous m'êtes complètement étranger. Je cherche seulement à animer une conversation difficile. »

Il la regardait toujours, séduit malgré sa rudesse, sentant un désir brutal l'envahir, un désir irrésistible, un désir de maître.

Elle prononça, sentant bien qu'elle l'avait blessé, et s'acharnant : « Quel âge avez-vous donc aujourd'hui ? Je vous croyais plus jeune que vous ne paraissez. »

Il pâlit : « J'ai quarante-cinq ans. » Puis il ajouta : « J'ai oublié de vous demander des nouvelles de la princesse de Raynes. Vous la voyez toujours ? »

Elle lui jeta un regard de haine : « Oui, toujours. Elle va fort bien — merci. »

Et ils demeurèrent côte à côte, le cœur agité, l'âme irritée. Tout à coup, il déclara : « Ma chère Berthe, je viens de changer d'avis. Vous êtes ma femme, et je prétends que vous reveniez aujourd'hui sous mon toit. Je trouve que vous avez gagné en beauté et en caractère, et je vous reprends. Je suis votre mari, c'est mon droit. »

Elle fut stupéfaite, et le regarda dans les yeux pour y lire sa pensée. Il avait un visage impassible, impénétrable et résolu.

Elle répondit : « Je suis bien fâchée, mais j'ai des engagements. »

Il sourit : « Tant pis pour vous. La loi me donne la force. J'en userai. »

On arrivait à Marseille ; le train sifflait, ralentissant sa marche. La baronne se leva, roula ses couvertures avec assurance, puis se tournant vers son mari : « Mon cher Raymond, n'abusez pas d'un tête-à-tête que j'ai préparé. J'ai voulu prendre une précaution, suivant vos conseils, pour n'avoir rien à craindre ni de vous ni du monde, quoi qu'il arrive. Vous allez à Nice, n'est-ce pas ?

— J'irai où vous irez.

— Pas du tout. Écoutez-moi, et je vous promets que vous me laisserez tranquille. Tout à l'heure, sur le quai de la gare, vous allez voir la princesse de Raynes et la comtesse Henriot qui m'attendent avec leurs maris. J'ai voulu qu'on nous vît ensemble, vous et moi, et qu'on sût bien que nous avons passé la nuit seuls, dans ce coupé. Ne craignez rien. Ces dames le raconteront partout, tant la chose paraîtra surprenante.

» Je vous disais tout à l'heure que, suivant en tous points vos recommandations, j'avais soigneusement gardé les apparences. Il n'a pas été question du reste, n'est-ce pas ? Eh bien, c'est pour continuer que j'ai tenu à cette rencontre. Vous m'avez ordonné d'éviter avec soin le scandale, je l'évite, mon cher..., car j'ai peur..., j'ai peur... »

Elle attendit que le train fût complètement arrêté, et comme une bande d'amis s'élançait à sa portière et l'ouvrait, elle acheva :

« J'ai peur d'être enceinte. »

La princesse tendait les bras pour l'embrasser. La baronne lui dit, montrant le baron stupide d'étonnement et cherchant à deviner la vérité :

« Vous ne reconnaissez donc pas Raymond ? Il est bien changé, en effet. Il a consenti à m'accompagner pour ne pas me laisser voyager seule. Nous faisons quelquefois des fugues comme cela, en bons amis qui ne peuvent vivre ensemble.

Nous allons d'ailleurs nous quitter ici. Il a déjà assez de moi. »

Elle tendait sa main qu'il prit machinalement. Puis elle sauta sur le quai au milieu de ceux qui l'attendaient.

Le baron ferma brusquement la portière, trop ému pour dire un mot ou pour prendre une résolution. Il entendait la voix de sa femme et ses rires joyeux qui s'éloignaient.

Il ne l'a jamais revue.

Avait-elle menti ? Disait-elle vrai ? Il l'ignora toujours.

Suicides

À Georges Legrand[1].

Il ne se passe guère de jours sans qu'on lise dans quelque journal le fait divers suivant :

« Dans la nuit de mercredi à jeudi, les habitants de la maison portant le nº 40 de la rue de… ont été réveillés par deux détonations successives. Le bruit partait d'un logement habité par M. X… La porte fut ouverte, et on trouva ce locataire baigné dans son sang, tenant encore à la main le revolver avec lequel il s'était donné la mort.

» M. X… était âgé de cinquante-sept ans, jouissait d'une aisance honorable et avait tout ce qu'il faut pour être heureux. On ignore absolument la cause de sa funeste détermination. »

Quelles douleurs profondes, quelles lésions du cœur, désespoirs cachés, blessures brûlantes poussent au suicide ces gens qui sont heureux ? On cherche, on imagine des drames d'amour, on soupçonne des désastres d'argent et, comme on ne découvre jamais rien de précis, on met sur ces morts, le mot « Mystère ».

Une lettre trouvée sur la table d'un de ces « suicidés sans raison », et écrite pendant la dernière nuit, auprès du pistolet chargé, est tombée entre nos mains. Nous la croyons intéressante. Elle ne révèle aucune des grandes catastrophes qu'on cherche toujours derrière ces actes de désespoir ; mais elle montre la lente succession des petites misères de la vie, la désorganisation fatale d'une existence solitaire, dont les rêves sont disparus, elle donne la raison de ces fins tragiques que les nerveux et les sensitifs seuls comprendront.

La voici :

Il est minuit. Quand j'aurai fini cette lettre je me tuerai. Pourquoi ? Je vais tâcher de le dire, non pour ceux qui liront ces lignes, mais pour moi-même, pour renforcer mon courage défaillant, me bien pénétrer de la nécessité maintenant fatale de cet acte qui ne pourrait être que différé.

J'ai été élevé par des parents simples qui croyaient à tout. Et j'ai cru comme eux.

Mon rêve dura longtemps. Les derniers lambeaux viennent seulement de se déchirer.

Depuis quelques années déjà un phénomène se passe en moi. Tous les événements de l'existence qui, autrefois, resplendissaient à mes yeux comme des aurores, me semblent se décolorer. La signification des choses m'est apparue dans sa réalité brutale ; et la raison vraie de l'amour m'a dégoûté même des poétiques tendresses.

Nous sommes les jouets éternels d'illusions stupides et charmantes toujours renouvelées.

Alors, vieillissant, j'avais pris mon parti de l'horrible misère des choses, de l'inutilité des efforts, de la vanité des attentes, quand une lumière nouvelle sur le néant de tout m'est apparue, ce soir, après dîner.

Autrefois, j'étais joyeux ! Tout me charmait : les femmes qui passent, l'aspect des rues, les lieux que j'habite ; et je m'intéressais même à la forme de mes vêtements. Mais la répétition des mêmes visions a fini par m'emplir le cœur de lassitude et d'ennui, comme il arriverait pour un spectateur entrant chaque soir au même théâtre.

Tous les jours, à la même heure depuis trente ans, je me lève ; et, dans le même restaurant, depuis trente ans, je mange aux mêmes heures les mêmes plats apportés par des garçons différents.

J'ai tenté de voyager. L'isolement qu'on éprouve en des lieux inconnus m'a fait peur. Je me suis senti tellement seul sur la terre, et si petit, que j'ai repris bien vite la route de chez moi.

Mais alors l'immuable physionomie de mes meubles depuis trente ans à la même place, l'usure de mes fauteuils que j'avais connus neufs, l'odeur de mon appartement (car chaque logis prend, avec le temps, une odeur particulière), m'ont donné, chaque soir, la nausée des habitudes et la noire mélancolie de vivre ainsi.

Tout se répète sans cesse et lamentablement. La manière même dont je mets en rentrant la clef dans la serrure, la place où je trouve toujours mes allumettes, le premier coup d'œil jeté dans ma chambre, quand le phosphore s'enflamme, me donnent envie de sauter par la fenêtre et d'en finir avec ces événements monotones auxquels nous n'échappons jamais.

J'éprouve chaque jour, en me rasant, un désir

immodéré de me couper la gorge ; et ma figure, toujours la même, que je revois dans la petite glace avec du savon sur les joues, m'a plusieurs fois fait pleurer de tristesse.

Je ne puis même plus me retrouver auprès des gens que je rencontrais jadis avec plaisir, tant je les connais, tant je sais ce qu'ils vont me dire et ce que je vais répondre, tant j'ai vu le moule de leurs pensées immuables, le pli de leurs raisonnements. Chaque cerveau est comme un cirque, où tourne éternellement un pauvre cheval enfermé. Quels que soient nos efforts, nos détours, nos crochets, la limite est proche et arrondie d'une façon continue, sans saillies imprévues et sans porte sur l'inconnu. Il faut tourner, tourner toujours, par les mêmes idées, les mêmes joies, les mêmes plaisanteries, les mêmes habitudes, les mêmes croyances, les mêmes écœurements.

Le brouillard était affreux, ce soir. Il enveloppait le boulevard où les becs de gaz obscurcis semblaient des chandelles fumeuses. Un poids plus lourd que d'habitude me pesait sur les épaules. Je digérais mal, probablement.

Car une bonne digestion est tout dans la vie. C'est elle qui donne l'inspiration à l'artiste, les désirs amoureux aux jeunes gens, des idées claires aux penseurs, la joie de vivre à tout le monde, et elle permet de manger beaucoup (ce qui est encore le plus grand bonheur). Un estomac malade pousse au scepticisme, à l'incrédulité, fait germer les songes noirs et les désirs de mort. Je l'ai remarqué fort souvent. Je ne me tuerais peut-être pas si j'avais bien digéré ce soir.

Quand je fus assis dans le fauteuil où je m'assois tous les jours depuis trente ans, je jetai les yeux autour de moi, et je me sentis saisi par une détresse si horrible que je me crus près de devenir fou.

Je cherchai ce que je pourrais faire pour échapper à moi-même. Toute occupation m'épouvanta comme plus odieuse encore que l'inaction. Alors, je songeai à mettre de l'ordre dans mes papiers.

Voici longtemps que je songeais à cette besogne d'épurer mes tiroirs ; car depuis trente ans, je jette pêle-mêle dans le même meuble mes lettres et mes factures, et le désordre de ce mélange m'a souvent causé bien des ennuis. Mais j'éprouve une telle fatigue morale et physique à la seule pensée de ranger quelque chose que je n'ai jamais eu le courage de me mettre à ce travail odieux.

Donc je m'assis devant mon secrétaire et je l'ouvris, voulant faire un choix dans mes papiers anciens pour en détruire une grande partie.

Je demeurai d'abord troublé devant cet entassement de feuilles jaunies, puis j'en pris une.

Oh ! ne touchez jamais à ce meuble, à ce cimetière des correspondances d'autrefois, si vous tenez à la vie ! Et, si vous l'ouvrez par hasard, saisissez à pleines mains les lettres qu'il contient, fermez les yeux pour n'en point lire un mot, pour qu'une seule écriture oubliée et reconnue ne vous jette d'un seul coup dans l'océan des souvenirs ; portez au feu ces papiers mortels ; et, quand ils seront en cendres, écrasez-les encore en une poussière invisible... ou sinon vous êtes perdu... comme je suis perdu depuis une heure !...

Ah ! les premières lettres que j'ai relues ne m'ont point intéressé. Elles étaient récentes d'ailleurs, et me venaient d'hommes vivants que je rencontre encore assez souvent et dont la présence ne me touche guère. Mais soudain une enveloppe m'a fait tressaillir. Une grande écriture large y avait tracé mon nom ; et brusquement les larmes me sont montées aux yeux. C'était de mon plus cher ami, celui-là, le compagnon de ma jeunesse, le confident de mes espérances ; et il m'apparut si nettement, avec son sourire bon enfant et la main tendue vers moi qu'un frisson me secoua les os. Oui, oui, les morts reviennent, car je l'ai vu ! Notre mémoire est un monde plus parfait que l'univers : elle rend la vie à ce qui n'existe plus !

La main tremblante, le regard brumeux, j'ai relu tout ce qu'il me disait, et dans mon pauvre cœur sanglotant j'ai senti une meurtrissure si douloureuse que je me mis à pousser des gémissements comme un homme dont on brise les membres.

Alors j'ai remonté toute ma vie ainsi qu'on remonte un fleuve. J'ai reconnu des gens oubliés depuis si longtemps que je ne savais plus leur nom. Leur figure seule vivait en moi. Dans les lettres de ma mère, j'ai retrouvé les vieux domestiques et la forme de notre maison et les petits détails insignifiants où s'attache l'esprit des enfants.

Oui, j'ai revu soudain toutes les vieilles toilettes de ma mère avec ses physionomies différentes suivant les modes qu'elle portait et les coiffures qu'elle avait successivement adoptées. Elle me hantait surtout dans une robe de soie à ramages anciens ; et je me rappelais une phrase, qu'un jour, portant cette robe, elle m'avait dite : « Robert, mon enfant, si tu ne te tiens pas droit, tu seras bossu toute ta vie. »

Puis soudain, ouvrant un autre tiroir, je me retrouvai en face de mes souvenirs d'amour : une bottine de bal, un mouchoir déchiré, une jarretière même, des cheveux et des fleurs desséchées. Alors les doux romans de ma vie, dont les héroïnes encore vivantes ont aujourd'hui des cheveux tout blancs, m'ont plongé dans l'amère mélancolie des choses à jamais finies. Oh ! les fronts jeunes où frisent les cheveux dorés, la caresse des mains, le regard qui parle, les cœurs qui battent, ce sourire qui promet les lèvres, ces lèvres, qui promettent l'étreinte... Et le premier baiser... ce baiser sans fin qui fait se fermer les yeux, qui anéantit toute pensée dans l'incommensurable bonheur de la possession prochaine.

Prenant à pleines mains ces vieux gages de tendresses lointaines, je les couvris de caresses furieuses, et dans mon âme ravagée par les souvenirs, je revoyais chacune à l'heure de l'abandon, et je souffrais un supplice plus cruel que toutes les tortures imaginées par toutes les fables de l'enfer.

Une dernière lettre restait. Elle était de moi et dictée de cinquante ans auparavant par mon professeur d'écriture. La voici :

« Ma petite maman chérie,

» J'ai aujourd'hui sept ans. C'est l'âge de raison, j'en profite pour te remercier de m'avoir donné le jour.

» Ton petit garçon qui t'adore,

» ROBERT. »

C'était fini. J'arrivais à la source, et brusquement je me retournai pour envisager le reste de mes jours. Je vis la vieillesse hideuse et solitaire, et les infirmités prochaines et tout fini, fini, fini ! Et personne autour de moi !

Mon revolver est là, sur la table... Je l'arme... Ne relisez jamais vos vieilles lettres.

Et voilà comment se tuent beaucoup d'hommes dont on fouille en vain l'existence pour y découvrir de grands chagrins.

Décoré !

Des gens naissent avec un instinct prédominant, une vocation ou simplement un désir éveillé, dès qu'ils commencent à parler, à penser.

M. Sacrement n'avait, depuis son enfance, qu'une idée en tête, être décoré[1]. Tout jeune, il portait des croix de la Légion d'honneur en zinc comme d'autres enfants portent un képi et il donnait fièrement la main à sa mère, dans la rue, en bombant sa petite poitrine ornée du ruban rouge et de l'étoile de métal.

Après de pauvres études il échoua au baccalauréat, et, ne sachant plus que faire, il épousa une jolie fille, car il avait de la fortune.

Ils vécurent à Paris comme vivent des bourgeois riches, allant dans leur monde, sans se mêler au monde, fiers de la connaissance d'un député qui pouvait devenir ministre, et amis de deux chefs de division.

Mais la pensée entrée aux premiers jours de sa vie dans la tête de M. Sacrement ne le quittait plus et il souffrait d'une façon continue de n'avoir point le droit de montrer sur sa redingote un petit ruban de couleur.

Les gens décorés qu'il rencontrait sur le boulevard lui portaient un coup au cœur. Il les regardait de coin avec une jalousie exaspérée. Parfois, par les longs après-midi de désœuvrement, il se mettait à les compter. Il se disait: « Voyons, combien j'en trouverai de la Madeleine à la rue Drouot. »

Et il allait lentement, inspectant les vêtements, l'œil exercé à distinguer de loin le petit point rouge. Quand il arrivait au bout de sa promenade il s'étonnait toujours des chiffres: « Huit officiers, et dix-sept chevaliers. Tant que ça! C'est stupide de prodiguer les croix d'une pareille façon. Voyons si j'en trouverai autant au retour. »

Et il revenait à pas lents, désolé quand la foule pressée des passants pouvait gêner ses recherches, lui faire oublier quelqu'un.

Il connaissait les quartiers où on en trouvait le plus. Ils abondaient au Palais-Royal. L'avenue de l'Opéra ne valait pas la rue de la Paix; le côté droit du boulevard était mieux fréquenté que le gauche.

Ils semblaient aussi préférer certains cafés, certains théâtres. Chaque fois que M. Sacrement apercevait un groupe de vieux messieurs à cheveux blancs arrêtés au milieu du trottoir, et gênant la circulation, il se disait: « Voici des officiers de la Légion d'honneur! » Et il avait envie de les saluer.

Les officiers (il l'avait souvent remarqué) ont une autre allure que les simples chevaliers. Leur port de tête est différent. On sent bien qu'ils possèdent officiellement une considération plus haute, une importance plus étendue.

Parfois aussi une rage saisissait M. Sacrement,

une fureur contre tous les gens décorés ; et il sentait pour eux une haine de socialiste[1].

Alors, en rentrant chez lui, excité par la rencontre de tant de croix, comme l'est un pauvre affamé après avoir passé devant les grandes boutiques de nourriture, il déclarait d'une voix forte : « Quand donc, enfin, nous débarrassera-t-on de ce sale gouvernement ? » Sa femme surprise, lui demandait : « Qu'est-ce que tu as aujourd'hui ? »

Et il répondait : « J'ai que je suis indigné par les injustices que je vois commettre partout. Ah ! que les communards avaient raison ! »

Mais il ressortait après son dîner, et il allait considérer les magasins de décorations. Il examinait tous ces emblèmes de formes diverses, de couleurs variées. Il aurait voulu les posséder tous, et, dans une cérémonie publique, dans une immense salle pleine de monde, pleine de peuple émerveillé, marcher en tête d'un cortège, la poitrine étincelante, zébrée de brochettes alignées l'une sur l'autre, suivant la forme de ses côtes, et passer gravement, le claque sous le bras, luisant comme un astre au milieu des chuchotements admiratifs, dans une rumeur de respect.

Il n'avait, hélas ! aucun titre pour aucune décoration.

Il se dit : « La Légion d'honneur est vraiment par trop difficile pour un homme qui ne remplit aucune fonction publique. Si j'essayais de me faire nommer officier d'académie ! »

Mais il ne savait comment s'y prendre. Il en parla à sa femme qui demeura stupéfaite.

« Officier d'académie ? Qu'est-ce que tu as fait pour cela ? »

Il s'emporta : « Mais comprends donc ce que je veux dire. Je cherche justement ce qu'il faut faire. Tu es stupide par moments. »

Elle sourit : « Parfaitement, tu as raison. Mais je ne sais pas, moi ! »

Il avait une idée : « Si tu en parlais au député Rosselin, il pourrait me donner un excellent conseil. Moi, tu comprends que je n'ose guère aborder cette question directement avec lui. C'est assez délicat, assez difficile ; venant de toi, la chose devient toute naturelle. »

Mme Sacrement fit ce qu'il demandait. M. Rosselin promit d'en parler au ministre. Alors Sacrement le harcela. Le député finit par lui répondre qu'il fallait faire une demande et énumérer ses titres.

Ses titres ? Voilà. Il n'était pas même bachelier.

Il se mit cependant à la besogne et commença une brochure traitant : « Du droit du peuple à l'instruction[1]. » Il ne la put achever par pénurie d'idées.

Il chercha des sujets plus faciles et en aborda plusieurs successivement. Ce fut d'abord : « L'instruction des enfants par les yeux. » Il voulait qu'on établît dans les quartiers pauvres des espèces de théâtres gratuits pour les petits enfants. Les parents les y conduiraient dès leur plus jeune âge, et on leur donnerait là, par le moyen d'une lanterne magique, des notions de toutes les connaissances humaines. Ce seraient de véritables cours. Le regard instruirait le cerveau, et les images resteraient gravées dans la mémoire, rendant pour ainsi dire visible la science.

Quoi de plus simple que d'enseigner ainsi l'histoire universelle, la géographie, l'histoire naturelle, la botanique, la zoologie, l'anatomie, etc., etc.[1] ?

Il fit imprimer ce mémoire et en envoya un exemplaire à chaque député, dix à chaque ministre, cinquante au président de la République, dix également à chacun des journaux parisiens, cinq aux journaux de province.

Puis il traita la question des bibliothèques des rues, voulant que l'État fît promener par les rues des petites voitures pleines de livres, pareilles aux voitures des marchands d'oranges. Chaque habitant aurait droit à dix volumes par mois en location, moyennant un sou d'abonnement.

« Le peuple, disait M. Sacrement, ne se dérange que pour ses plaisirs. Puisqu'il ne va pas à l'instruction, il faut que l'instruction vienne à lui, etc. »

Aucun bruit ne se fit autour de ces essais. Il adressa cependant sa demande. On lui répondit qu'on prenait note, qu'on instruisait. Il se crut sûr du succès ; il attendit. Rien ne vint.

Alors il se décida à faire des démarches personnelles. Il sollicita une audience du ministre de l'Instruction publique, et il fut reçu par un attaché de cabinet tout jeune et déjà grave, important même, et qui jouait, comme d'un piano, d'une série de petits boutons blancs pour appeler les huissiers et les garçons de l'antichambre ainsi que les employés subalternes. Il affirma au solliciteur que son affaire était en bonne voie et il lui conseilla de continuer ses remarquables travaux.

Et M. Sacrement se remit à l'œuvre.

M. Rosselin, le député, semblait maintenant s'intéresser beaucoup à son succès, et il lui donnait même une foule de conseils pratiques excellents. Il était décoré d'ailleurs, sans qu'on sût quels motifs lui avaient valu cette distinction.

Il indiqua à Sacrement des études nouvelles à entreprendre, il le présenta à des Sociétés savantes qui s'occupaient de points de science particulièrement obscurs, dans l'intention de parvenir à des honneurs. Il le patronna même au ministère.

Or, un jour, comme il venait déjeuner chez son ami (il mangeait souvent dans la maison depuis plusieurs mois), il lui dit tout bas en lui serrant la main: «Je viens d'obtenir pour vous une grande faveur. Le comité des travaux historiques vous charge d'une mission. Il s'agit de recherches à faire dans diverses bibliothèques de France.»

Sacrement, défaillant, n'en put manger ni boire. Il partit huit jours plus tard.

Il allait de ville en ville, étudiant les catalogues, fouillant en des greniers bondés de bouquins poudreux, en proie à la haine des bibliothécaires.

Or, un soir, comme il se trouvait à Rouen, il voulut aller embrasser sa femme qu'il n'avait point vue depuis une semaine; et il prit le train de neuf heures qui devait le mettre à minuit chez lui.

Il avait sa clef. Il entra sans bruit, frémissant de plaisir, tout heureux de lui faire cette surprise. Elle s'était enfermée, quel ennui! Alors il cria à travers la porte: «Jeanne, c'est moi!»

Elle dut avoir grand-peur, car il l'entendit sauter du lit et parler seule comme dans un rêve. Puis elle courut à son cabinet de toilette, l'ouvrit et le referma, traversa plusieurs fois sa chambre dans une course rapide, nu-pieds, secouant les meubles dont les verreries sonnaient. Puis, enfin, elle demanda : « C'est bien toi, Alexandre ? »

Il répondit : « Mais oui, c'est moi, ouvre donc ! »

La porte céda, et sa femme se jeta sur son cœur en balbutiant : « Oh ! quelle terreur ! quelle surprise, quelle joie ! »

Alors, il commença à se dévêtir, méthodiquement, comme il faisait tout. Et il reprit sur une chaise, son pardessus qu'il avait l'habitude d'accrocher dans le vestibule. Mais, soudain, il demeura stupéfait. La boutonnière portait un ruban rouge !

Il balbutia : « Ce... ce... ce paletot est décoré ! »

Alors sa femme, d'un bond, se jeta sur lui, et lui saisissant dans les mains le vêtement : « Non... tu te trompes... donne-moi ça. »

Mais il le tenait toujours par une manche, ne le lâchant pas, répétant dans un sorte d'affolement : « Hein ?... Pourquoi ?... Explique-moi ?... À qui ce pardessus ?... Ce n'est pas le mien, puisqu'il porte la Légion d'honneur ? »

Elle s'efforçait de le lui arracher, éperdue, bégayant : « Écoute... écoute... donne-moi ça... je ne peux pas te dire... c'est un secret... écoute. »

Mais il se fâchait, devenait pâle : « Je veux savoir comment ce paletot est ici. Ce n'est pas le mien. »

Alors elle lui cria dans la figure : « Si, tais-toi, jure-moi... écoute... eh bien ! tu es décoré ! »

Il eut une telle secousse d'émotion qu'il lâcha le pardessus et alla tomber dans un fauteuil.

« Je suis... tu dis... je suis... décoré.

— Oui... c'est un secret, un grand secret... »

Elle avait enfermé dans une armoire le vêtement glorieux, et revenait vers son mari, tremblante et pâle. Elle reprit : « Oui, c'est un pardessus neuf que je t'ai fait faire. Mais j'avais juré de ne te rien dire. Cela ne sera pas officiel avant un mois ou six semaines. Il faut que ta mission soit terminée. Tu ne devais le savoir qu'à ton retour. C'est M. Rosselin qui a obtenu ça pour toi... »

Sacrement, défaillant, bégayait : « Rosselin... décoré... Il m'a fait décorer... moi... lui... Ah !... »

Et il fut obligé de boire un verre d'eau.

Un petit papier blanc gisait par terre, tombé de la poche du pardessus. Sacrement le ramassa, c'était une carte de visite. Il lut : « Rosselin — député. »

« Tu vois bien », dit la femme.

Et il se mit à pleurer de joie.

Huit jours plus tard l'*Officiel* annonçait que M. Sacrement était nommé chevalier de la Légion d'honneur, pour services exceptionnels.

Châli

À Jean Béraud[1].

L'amiral de la Vallée, qui semblait assoupi dans son fauteuil, prononça de sa voix de vieille femme : « J'ai eu, moi, une petite aventure d'amour, très singulière, voulez-vous que je vous la dise ? »

Et il parla, sans remuer, du fond de son large siège, en gardant sur les lèvres ce sourire ridé qui ne le quittait jamais, ce sourire à la Voltaire qui le faisait passer pour un affreux sceptique.

I

J'avais trente ans alors, et j'étais lieutenant de vaisseau, quand on me chargea d'une mission astronomique dans l'Inde centrale. Le gouvernement anglais me donna tous les moyens nécessaires pour venir à bout de mon entreprise et je m'enfonçai bientôt avec une suite de quelques hommes dans ce pays étrange, surprenant, prodigieux.

Il faudrait vingt volumes pour raconter ce voyage. Je traversai des contrées invraisemblablement magnifiques ; je fus reçu par des princes d'une beauté surhumaine et vivant dans une incroyable magnificence. Il me sembla pendant deux mois, que je marchais dans un poème, que je parcourais un royaume de féeries sur le dos d'éléphants imaginaires. Je découvrais au milieu des forêts fantastiques des ruines invraisemblables ; je trouvais, en des cités d'une fantaisie de songe, de prodigieux monuments, fins et ciselés comme des bijoux, légers comme des dentelles et énormes comme des montagnes, ces monuments, fabuleux, divins, d'une grâce telle qu'on devient amoureux de leurs formes ainsi qu'on peut être amoureux d'une femme, et qu'on éprouve, à les voir, un plaisir physique et sensuel. Enfin, comme dit M. Victor Hugo[1], je marchais, tout éveillé dans un rêve.

Puis j'atteignis enfin le terme de mon voyage, la ville de Ganhara[2], autrefois une des plus prospères de l'Inde centrale, aujourd'hui bien déchue, et gouvernée par un prince opulent, autoritaire, violent, généreux et cruel, le rajah Maddan, un vrai souverain d'Orient, délicat et barbare, affable et sanguinaire, d'une grâce féminine et d'une férocité impitoyable.

La cité est dans le fond d'une vallée au bord d'un petit lac, qu'entoure un peuple de pagodes baignant dans l'eau leurs murailles.

La ville, de loin forme une tache blanche qui grandit quand on approche, et peu à peu on découvre les dômes, les aiguilles, les flèches, tous les sommets élégants et sveltes des gracieux monuments indiens.

À une heure des portes environ, je rencontrai un éléphant superbement harnaché, entouré d'une escorte d'honneur que le souverain m'envoyait. Et je fus conduit en grande pompe, au palais.

J'aurais voulu prendre le temps de me vêtir avec luxe, mais l'impatience royale ne me le permit pas. On voulait d'abord me connaître, savoir ce qu'on aurait à attendre de moi comme distraction ; puis on verrait.

Je fus introduit, au milieu de soldats bronzés comme des statues et couverts d'uniformes étincelants, dans une grande salle entourée de galeries, où se tenaient debout des hommes habillés de robes éclatantes et étoilées de pierres précieuses.

Sur un banc pareil à un de nos bancs de jardin sans dossier, mais revêtu d'un tapis admirable, j'aperçus une masse luisante, une sorte de soleil assis ; c'était le rajah, qui m'attendait, immobile dans une robe du plus pur jaune serin. Il portait sur lui dix ou quinze millions de diamants, et seule, sur son front, brillait la fameuse étoile de Delhi[1] qui a toujours appartenu à l'illustre dynastie des Parihara de Mundore dont mon hôte était descendant.

C'était un garçon de vingt-cinq ans environ, qui semblait avoir du sang nègre dans les veines, bien qu'il appartînt à la plus pure race hindoue. Il avait les yeux larges, fixes, un peu vagues, les pommettes saillantes, les lèvres grosses, la barbe frisée, le front bas et des dents éclatantes, aiguës, qu'il montrait souvent dans un sourire machinal.

Il se leva et vint me tendre la main, à l'anglaise, puis me fit asseoir à son côté sur un banc si haut que mes pieds touchaient à peine à terre. On était fort mal là-dessus.

Et aussitôt il me proposa une chasse au tigre pour le lendemain. La chasse et les luttes étaient ses grandes occupations et il ne comprenait guère qu'on pût s'occuper d'autre chose. Il se persuadait évidemment que je n'étais venu si loin que pour le distraire un peu et l'accompagner dans ses plaisirs.

Comme j'avais grand besoin de lui, je tâchai de flatter ses penchants. Il fut tellement satisfait de mon attitude qu'il voulut me montrer immédiatement un combat de lutteurs, et il m'entraîna dans une sorte d'arène située à l'intérieur du palais.

Sur son ordre, deux hommes parurent, nus, cuivrés, les mains armées de griffes d'acier ; et ils s'attaquèrent aussitôt, cherchant à se frapper avec cette arme tranchante qui traçait sur leur peau noire de longues déchirures d'où coulait le sang.

Cela dura longtemps. Les corps n'étaient plus que des plaies, et les combattants se labouraient toujours les chairs avec cette sorte de râteau fait de lames aiguës. Un d'eux avait une joue hachée ; l'oreille de l'autre était fendue en trois morceaux.

Et le prince regardait cela avec une joie féroce et passionnée. Il tressaillait de bonheur, poussait des grognements de plaisir et imitait, avec des gestes inconscients, tous les mouvements des lutteurs, criant sans cesse : « Frappe, frappe donc. »

Un d'eux tomba sans connaissance ; il fallut l'emporter de l'arène rouge de sang, et le rajah fit un long soupir de regret, de chagrin que ce fût déjà fini.

Puis il se tourna vers moi pour connaître mon opinion. J'étais indigné, mais je le félicitai vivement ; et il ordonna aussitôt de me conduire au Couch-Mahal (palais du plaisir) où j'habiterais.

Je traversai les invraisemblables jardins que l'on trouve là-bas et je parvins à ma résidence.

Ce palais, ce bijou, situé à l'extrémité du parc royal, plongeait dans le lac sacré de Vihara[1] tout un côté de ses murailles. Il était carré, présentant sur ses quatre faces trois rangs superposés de galeries à colonnades divinement ouvragées. À chaque angle s'élançaient des tourelles, légères, hautes ou basses, seules ou mariées par deux, de taille inégale et de physionomie différente, qui semblaient bien les fleurs naturelles poussées sur cette gracieuse plante d'architecture orientale. Toutes étaient surmontées de toits bizarres, pareils à des coiffures coquettes.

Au centre de l'édifice, un dôme puissant élevait, jusqu'à un ravissant clocheton mince et tout à jour, sa coupole allongée et ronde semblable à un sein de marbre blanc tendu vers le ciel.

Et tout le monument, des pieds à la tête, était couvert de sculptures, de ces exquises arabesques qui grisent le regard, de processions immobiles de personnages délicats, dont les attitudes et les gestes de pierre racontaient les mœurs et les coutumes de l'Inde.

Les chambres étaient éclairées par des fenêtres à arceaux dentelées, donnant sur les jardins. Sur le sol de marbre, de gracieux bouquets étaient dessinés par des onyx, des lapis-lazuli et des agates.

J'avais eu à peine le temps d'achever ma toilette, quand un dignitaire de la cour, Haribadada, spécialement chargé des communications entre le prince et moi, m'annonça la visite de son souverain.

Et le rajah au safran parut, me serra de nouveau la main et se mit à me raconter mille choses, en me demandant sans cesse mon avis que j'avais grand-peine à lui donner. Puis il voulut me montrer les ruines du palais ancien, à l'autre bout des jardins.

C'était une vraie forêt de pierres, qu'habitait un peuple de grands singes. À notre approche, les mâles se mirent à courir sur les murs en nous faisant d'horribles grimaces, et les femelles se sauvaient, montrant leur derrière pelé et portant dans leurs bras leurs petits. Le roi riait follement, me pinçait l'épaule pour me témoigner son plaisir, et il s'assit au milieu des décombres, tandis que, tout autour de nous, accroupies au sommet des murailles, perchées sur toutes les saillies, une assemblée de bêtes à favoris blancs nous tirait la langue et nous montrait le poing.

Quand il en eut assez de ce spectacle, le souverain jaune se leva et se remit en marche gravement, me traînant toujours à son côté, heureux de m'avoir montré de pareilles choses le jour même de mon arrivée, et me rappelant qu'une grande chasse au tigre aurait lieu le lendemain en mon honneur.

Je la suivis, cette chasse, et une seconde, une troisième, dix, vingt de suite. On poursuivit tour à tour tous les animaux que nourrit la contrée : la panthère, l'ours, l'éléphant, l'antilope, l'hippopotame, le crocodile, que sais-je, la moitié des bêtes de la création. J'étais éreinté, dégoûté de voir couler du sang, las de ce plaisir toujours pareil.

À la fin, l'ardeur du prince se calma, et il me laissa, sur mes instantes prières, un peu de loisir pour travailler. Il se contentait maintenant de me combler de présents. Il m'envoyait des bijoux, des étoffes magnifiques, des animaux dressés, que Haribadada me présentait avec un respect grave apparent comme si j'eusse été le soleil lui-même, bien qu'il me méprisât beaucoup au fond.

Et chaque jour une procession de serviteurs m'apportait en des plats couverts une portion de chaque mets du repas royal ; chaque jour il fallait paraître et prendre un plaisir extrême à quelque divertissement nouveau organisé pour moi : danses de Bayadères, jongleries, revues de troupes, à tout ce que pouvait inventer ce rajah hospitalier, mais gêneur, pour me montrer sa surprenante patrie dans tout son charme et dans toute sa splendeur.

Sitôt qu'on me laissait un peu seul, je travaillais, ou bien j'allais voir les singes dont la société me plaisait infiniment plus que celle du roi.

Mais un soir, comme je revenais d'une promenade, je trouvai, devant la porte de mon palais, Haribadada, solennel, qui m'annonça, en termes mystérieux, qu'un cadeau du souverain m'attendait dans ma chambre ; et il me présenta les excuses de son maître pour n'avoir pas pensé plus tôt à m'offrir une chose dont je devais être privé.

Après ce discours obscur, l'ambassadeur s'inclina et disparut.

J'entrai et j'aperçus, alignées contre le mur par rang de taille, six petites filles côte à côte, immobiles, pareilles à une brochette d'éperlans. La plus âgée avait peut-être huit ans, la plus jeune six ans. Au premier moment, je ne compris pas bien pourquoi cette pension était installée chez moi, puis je devinai l'attention délicate du prince : c'était un harem dont il me faisait présent. Il l'avait choisi fort jeune par excès de gracieuseté. Car plus le fruit est vert, plus il est estimé, là-bas.

Et je demeurais tout à fait confus et gêné, honteux, en face de ces mioches qui me regardaient avec leurs grands yeux graves, et qui semblaient déjà savoir ce que je pouvais exiger d'elles.

Je ne savais que leur dire. J'avais envie de les renvoyer, mais on ne rend pas un présent du souverain. C'eût été une mortelle injure. Il fallait donc garder, installer chez moi ce troupeau d'enfants.

Elles restaient fixes, me dévisageant toujours, attendant mon ordre, cherchant à lire dans mon œil ma pensée. Oh ! le maudit cadeau. Comme il me gênait ! À la fin, me sentant ridicule, je demandai à la plus grande :

« Comment t'appelles-tu, toi ? »

Elle répondit : « Châli. »

Cette gamine à la peau si jolie, un peu jaune, comme de l'ivoire, était une merveille, une statue avec sa face aux lignes longues et sévères.

Alors, je prononçai, pour voir ce qu'elle pourrait répondre, peut-être pour l'embarrasser :

« Pourquoi es-tu ici ? »

Elle dit de sa voix douce, harmonieuse : « Je viens pour faire ce qu'il te plaira d'exiger de moi, mon seigneur. »

La gamine était renseignée.

Et je posai la même question à la plus petite

qui articula nettement de sa voix plus frêle : « Je suis ici pour ce qu'il te plaira de me demander, mon maître. »

Elle avait l'air d'une petite souris, celle-là, elle était gentille comme tout. Je l'enlevai dans mes bras et l'embrassai. Les autres eurent un mouvement comme pour se retirer, pensant sans doute que je venais d'indiquer mon choix, mais je leur ordonnai de rester, et, m'asseyant à l'indienne, je les fis prendre place, en rond, autour de moi, puis je me mis à leur conter une histoire de génies, car je parlais passablement leur langue.

Elles écoutaient de toute leur attention, tressaillaient aux détails merveilleux, frémissaient d'angoisse, remuaient les mains. Elles ne songeaient plus guère, les pauvres petites, à la raison qui les avait fait venir.

Quand j'eus terminé mon conte, j'appelai mon serviteur de confiance, Latchmân, et je fis apporter des sucreries, des confitures et des pâtisseries, dont elles mangèrent à se rendre malades, puis commençant à trouver fort drôle cette aventure, j'organisai des jeux pour amuser mes femmes.

Un de ces divertissements surtout eut un énorme succès. Je faisais le pont avec mes jambes, et mes six bambines passaient dessous en courant, la plus petite ouvrant la marche, et la plus grande me bousculant un peu parce qu'elle ne se baissait jamais assez. Cela leur faisait pousser des éclats de rire assourdissants, et ces voix jeunes sonnant sous les voûtes basses de mon somptueux palais le réveillaient, le peuplaient de gaieté enfantine, le meublaient de vie.

Puis je pris beaucoup d'intérêt à l'installation

du dortoir où allaient coucher mes innocentes concubines. Enfin je les enfermai chez elles sous la garde de quatre femmes de service que le prince m'avait envoyées en même temps pour prendre soin de mes sultanes.

Pendant huit jours, j'eus un vrai plaisir à faire le papa avec ces poupées. Nous avions d'admirables parties de cache-cache, de chat perché et de main chaude qui les jetaient en des délires de bonheur, car je leur révélais chaque jour un de ces jeux inconnus, si pleins d'intérêt.

Ma demeure maintenant avait l'air d'une classe. Et mes petites amies, vêtues de soieries admirables, d'étoffes brodées d'or et d'argent, couraient à la façon de petits animaux humains, à travers les longues galeries et les tranquilles salles où tombait par les arceaux une lumière affaiblie.

Puis, un soir, je ne sais comment cela se fit, la plus grande, celle qui s'appelait Châli et qui ressemblait à une statuette de vieil ivoire, devint ma femme pour de vrai[1].

C'était un adorable petit être, doux, timide et gai qui m'aima bientôt d'une affection ardente et que j'aimais étrangement, avec honte, avec hésitation, avec une sorte de peur de la justice européenne, avec des réserves, des scrupules et cependant avec une tendresse sensuelle, passionnée. Je la chérissais comme un père, et je la caressais comme un homme.

Pardon, mesdames, je vais un peu loin.

Les autres continuaient à jouer dans ce palais, pareilles à une bande de jeunes chats.

Châli ne me quittait plus, sauf quand j'allais chez le prince.

Nous passions des heures exquises ensemble dans les ruines du vieux palais, au milieu des singes devenus nos amis.

Elle se couchait sur mes genoux et restait là roulant des choses en sa petite tête de sphinx, ou peut-être ne pensant à rien, mais gardant cette belle et charmante pose héréditaire de ces peuples nobles et songeurs, la pose hiératique des statues sacrées.

J'avais apporté dans un grand plat de cuivre des provisions, des gâteaux, des fruits. Et les guenons s'approchaient peu à peu, suivies de leurs petits plus timides; puis elles s'asseyaient en cercle autour de nous, n'osant approcher davantage, attendant que je fisse ma distribution de friandises.

Alors presque toujours un mâle plus hardi s'en venait jusqu'à moi, la main tendue comme un mendiant; et je lui remettais un morceau qu'il allait porter à sa femelle. Et toutes les autres se mettaient à pousser des cris furieux, des cris de jalousie et de colère, et je ne pouvais faire cesser cet affreux vacarme qu'en jetant sa part à chacune.

Me trouvant fort bien dans ces ruines, je voulus y apporter mes instruments pour travailler. Mais aussitôt qu'ils aperçurent le cuivre des appareils de précision, les singes, prenant sans doute ces choses pour des engins de mort, s'enfuirent de tous les côtés en poussant des clameurs épouvantables.

Je passais souvent aussi mes soirées avec Châli, sur une des galeries extérieures qui dominait le lac de Vihara. Nous regardions, sans parler, la lune éclatante qui glissait au fond du ciel en jetant sur l'eau un manteau d'argent frissonnant, et là-bas, sur l'autre rive, la ligne des petites pagodes, semblables à des champignons gracieux qui auraient poussé le pied dans l'eau. Et prenant en mes bras la tête sérieuse de ma petite maîtresse, je baisais lentement, longuement son front poli, ses grands yeux pleins du secret de cette terre antique et fabuleuse, et ses lèvres calmes qui s'ouvraient sous ma caresse. Et j'éprouvais une sensation confuse, puissante, poétique surtout, la sensation que je possédais toute une race dans cette fillette, cette belle race mystérieuse d'où semblent sorties toutes les autres.

Le prince cependant continuait à m'accabler de cadeaux.

Un jour il m'envoya un objet bien inattendu qui excita chez Châli une admiration passionnée. C'était simplement une boîte de coquillages, une de ces boîtes en carton recouvertes d'une enveloppe de petites coquilles collées simplement sur la pâte. En France, cela aurait valu au plus quarante sous. Mais là-bas, le prix de ce bijou était inestimable. C'était le premier sans doute qui fût entré dans le royaume.

Je le posai sur un meuble et je le laissai là, souriant de l'importance donnée à ce vilain bibelot de bazar.

Mais Châli ne se lassait pas de le considérer, de l'admirer, pleine de respect et d'extase. Elle me demandait de temps en temps : « Tu permets que je le touche ? » Et quand je l'y avais autorisée, elle soulevait le couvercle, le refermait avec de grandes précautions, elle caressait de ses doigts fins, très doucement, la toison de petits coquillages, et elle semblait éprouver, par ce contact, une jouissance délicieuse qui lui pénétrait jusqu'au cœur.

Cependant j'avais terminé mes travaux et il me fallait m'en retourner. Je fus longtemps à m'y décider, retenu maintenant par ma tendresse pour ma petite amie. Enfin, je dus en prendre mon parti.

Le prince, désolé, organisa de nouvelles chasses, de nouveaux combats de lutteurs ; mais, après quinze jours de ces plaisirs, je déclarai que je ne pouvais demeurer davantage, et il me laissa ma liberté.

Les adieux de Châli furent déchirants. Elle pleurait, couchée sur moi, la tête dans ma poitrine, toute secouée par le chagrin. Je ne savais que faire pour la consoler, mes baisers ne servant à rien.

Tout à coup, j'eus une idée, et, me levant, j'allai chercher la boîte aux coquillages que je lui mis dans les mains. « C'est pour toi. Elle t'appartient. »

Alors, je la vis d'abord sourire. Tout son visage s'éclairait d'une joie intérieure, de cette joie profonde des rêves impossibles réalisés tout à coup.

Et elle m'embrassa avec furie.

N'importe, elle pleura bien fort tout de même au moment du dernier adieu.

Je distribuai des baisers de père et des gâteaux à tout le reste de mes femmes, et je partis.

II

Deux ans s'écoulèrent, puis les hasards du service en mer me ramenèrent à Bombay. Par suite de circonstances imprévues on m'y laissa pour une nouvelle mission à laquelle me désignait ma connaissance du pays et de la langue.

Je terminai mes travaux le plus vite possible, et comme j'avais encore trois mois devant moi, je voulus aller faire une petite visite à mon ami, le roi de Ganhara, et à ma chère petite femme Châli que j'allais trouver bien changée sans doute.

Le rajah Maddan me reçut avec des démonstrations de joie frénétiques. Il fit égorger devant moi trois gladiateurs, et il ne me laissa pas seul une seconde pendant la première journée de mon retour.

Le soir enfin, me trouvant libre, je fis appeler Haribadada, et après beaucoup de questions diverses, pour dérouter sa perspicacité, je lui demandai : « Et sais-tu ce qu'est devenue la petite Châli que le rajah m'avait donnée ? »

L'homme prit une figure triste, ennuyée, et répondit avec une grande gêne :

« Il vaut mieux ne pas parler d'elle !

— Pourquoi cela ? Elle était une gentille petite femme.

— Elle a mal tourné, seigneur.

— Comment, Châli ? Qu'est-elle devenue ? Où est-elle ?

— Je veux dire qu'elle a mal fini.

— Mal fini ? Est-elle morte ?

— Oui, seigneur. Elle avait commis une vilaine action. »

J'étais fort ému, je sentais battre mon cœur, et une angoisse me serrer la poitrine.

Je repris : « Une vilaine action ? Qu'a-t-elle fait ? Que lui est-il arrivé ? »

L'homme de plus en plus embarrassé, murmura : « Il vaut mieux que vous ne le demandiez pas.

— Si, je veux le savoir.

— Elle avait volé.

— Comment, Châli ? Qui a-t-elle volé ?

— Vous, seigneur.

— Moi ? Comment cela ?

— Elle vous a pris, le jour de votre départ, le coffret que le prince vous avait donné. On l'a trouvé entre ses mains !

— Quel coffret ?

— Le coffret de coquillages.

— Mais je le lui avais donné. »

L'Indien leva sur moi des yeux stupéfaits et répondit : « Oui, elle a juré, en effet, par tous les serments sacrés, que vous le lui aviez donné. Mais on n'a pas cru que vous auriez pu offrir à une esclave un cadeau du roi, et le rajah l'a fait punir.

— Comment, punir ? Qu'est-ce qu'on lui a fait ?

— On l'a attachée dans un sac, seigneur, et on l'a jetée au lac[1], de cette fenêtre, de la fenêtre de la chambre où nous sommes, où elle avait commis le vol. »

Je me sentis traversé par la plus atroce sensation de douleur que j'aie jamais éprouvée, et je fis signe à Haribadada de se retirer pour qu'il ne me vît pas pleurer.

Et je passai la nuit sur la galerie qui dominait le lac, sur la galerie, où j'avais tenu tant de fois la pauvre enfant sur mes genoux.

Et je pensais que le squelette de son joli petit corps décomposé était là, sous moi, dans un sac de toile noué par une corde, au fond de cette eau noire que nous regardions ensemble autrefois.

Je repartis le lendemain malgré les prières et le chagrin véhément du rajah.

Et je crois maintenant que je n'ai jamais aimé d'autre femme que Châli.

DOSSIER

CHRONOLOGIE
(1850-1893)

1850. 5 août : naissance de Guy de Maupassant au château de Miromesnil, près de Dieppe. Sa mère est née Laure Le Poittevin, d'une famille normande fixée à Fécamp ; elle est la sœur d'Alfred Le Poittevin, ami de jeunesse de Flaubert, mort en 1848. Le père de Guy, Gustave, d'origine lorraine, se pique de pratiquer la peinture.

1856. 19 mai : naissance d'Hervé de Maupassant, frère de Guy, au château de Grainville-Ymauville, près de Fécamp.

1859. Gustave de Maupassant, coureur, dépensier, est à demi ruiné ; il doit travailler dans une banque à Paris. Guy est alors élève du Lycée Impérial (aujourd'hui Henri-IV).

1863. Séparation définitive des parents de Guy. Laure va vivre avec ses fils à Étretat, dans sa propriété des Verguies.

1863-1869. Guy fait d'abord ses études à l'Institution ecclésiastique d'Yvetot. Il en est renvoyé pour irrespect envers la religion. Il achève ses études secondaires comme pensionnaire au lycée Corneille, à Rouen. Louis Bouilhet, poète et dramaturge, ami intime de Flaubert, est son correspondant. Guy commence en 1867 à fréquenter Flaubert à Croisset. En 1869, année où Guy obtient le baccalauréat, Bouilhet meurt. Flaubert reste le seul maître en littérature du jeune homme, qui prend ses inscriptions en Droit à Paris.

1870-1872. La guerre franco-allemande éclate. Guy est incorporé au service de l'intendance militaire à Rouen, puis au Havre, et pris dans la débâcle des troupes françaises. Il se fait remplacer dans l'armée le 30 juillet 1871. Il entre comme commis surnuméraire (non payé) au ministère de la Marine, en mars 1872. Ensuite, il entre à la direction des Colonies ; il est payé 125 francs par mois.

1872-1879. De longues années de maturation, Guy est toujours employé de ministère, mais passe à l'Instruction publique à partir de 1878, grâce à l'intervention de Flaubert. Il habite à Paris une petite chambre chez son père rue Moncey, puis s'installe rue Clauzel (une « rue à filles »). Il fait de joyeuses parties de canot à Argenteuil, Bougival, Bezons avec des amis et des filles, et contracte en 1877 la syphilis, qu'il tente alors de soigner par une cure à Loèche-les-Bains. Il fréquente d'autre part le milieu littéraire. Chez Flaubert, qui possède un domicile parisien rue Murillo, il rencontre Tourguéniev, Daudet, Zola et les Goncourt. Il écrit des poèmes, des pièces qui toutes sont refusées au théâtre, sauf *Histoire du vieux temps*, jouée en 1879 à la troisième Comédie-Française, et (sous pseudonyme, selon la volonté de l'exigeant Flaubert) publie des récits ; le premier, en 1875, est « La Main d'écorché ». Il se lie avec Catulle Mendès et avec le groupe d'écrivains qui entoure Zola, mais sans jamais se déclarer disciple de celui-ci. Lors d'une visite à Croisset, une nuit, il voit Flaubert brûler les lettres qu'il a reçues.

1880. Maupassant est sous le coup de poursuites judiciaires qui censurent le poème « Une fille », paru dans la *Revue moderne et naturaliste*. Non-lieu le 27 février. Le même mois, Flaubert écrit à Maupassant que « Boule de suif », qu'il a lu en manuscrit, est un chef-d'œuvre. C'est sous le nom de Maupassant, et avec un grand succès, que le récit paraît le 15 avril dans le recueil collectif *Les Soirées de Médan*, avec des récits de Zola, Huysmans, etc. D'autre part, le 25 avril, Maupassant publie ses poèmes chez Charpentier, sous le titre *Des vers*. Il s'installe rue Dulong, dans un quartier mieux fréquenté que la rue Clauzel.

Une réussite traversée par les troubles oculaires et cardiaques dont souffre Maupassant, à la suite de la syphilis ; il commence à prendre de l'éther pour calmer ses souffrances. Une réussite endeuillée par la mort de Flaubert, le 8 mai. Quant à Laure de Maupassant, dépressive depuis longtemps, soignée en maison de santé, elle se voit conseiller un climat plus chaud que le climat normand. Maupassant la rejoint en Corse durant l'été.

1881. Maupassant démissionne du ministère. Il publie en mai, chez Havard, le recueil *La Maison Tellier*. Désormais, il publiera de nombreux recueils, en changeant souvent d'éditeurs et en les jouant financièrement l'un contre l'autre. Le 6 juillet, il part pour l'Algérie comme reporter pour *Le Gaulois*, journal mondain, de tendance conservatrice, mais libéral. Maupassant y publie ses « Lettres d'Afrique », très critiques sur la manière dont la France pratique la colonisation. Il rentre en France en passant par la Corse, Florence et Gênes. Il commence en octobre à collaborer à *Gil Blas*, journal destiné aux hommes et aux demi-mondaines, de bonne tenue littéraire, tout en étant assez léger. Il ne peut y signer de son nom, étant engagé par contrat au *Gaulois*, et utilise le pseudonyme de « Maufrigneuse », qui ne trompe personne : on sait qu'il s'agit de Maupassant, qui d'ailleurs reprend ces récits dans ses recueils. Le personnage balzacien de Maufrigneuse l'a peut-être attiré par sa vitalité et ses aventures féminines. Le ton des récits que Maupassant publie dans chaque journal varie naturellement selon les tendances qui viennent d'être définies : les récits donnés à *Gil Blas* sont plus libres, dans toutes les acceptions du terme.

1882. Le recueil *Mademoiselle Fifi* est publié en Belgique, chez Kistemaeckers. Troubles nerveux et oculaires. Été en cure à Châtelguyon ; Maupassant y est hébergé un moment chez le docteur Baraduc, un des responsables de la station. Puis séjour sur la Côte d'Azur (Menton, Saint-Raphaël).

1883. 27 février : naissance de Lucien Lizelmann, fils d'une donneuse d'eau de Châtelguyon et très probablement de Maupassant, qui ne le reconnaît pas, non plus que deux autres enfants nés en 1884 et 1887 ; mais il subvient, semble-t-il, à leurs besoins. Avril : le roman *Une vie*. Juin : *Contes de la Bécasse*, chez Rouveyre et Blond. Été en cure à Châtelguyon. Puis séjour à Cannes. Maupassant se fait construire à Étretat la villa « La Guillette ». Il se lie avec une femme du monde cultivée, Hermine Lecomte du Noüy. Novembre : le recueil *Clair de lune*, chez Monnier.

1884. Janvier : *Au Soleil*, chroniques sur l'Afrique, chez Havard. Des recueils, en avril : *Miss Harriet*, chez Havard ; en juillet : *Les Sœurs Rondoli*, chez Ollendorff ; en novembre : *Yvette*, chez Havard.
Maupassant fait son entrée dans les salons mondains : ceux de la comtesse Potocka, de Marie Kann qui sera sa maîtresse, de Mme Straus (futur modèle de la duchesse de Guermantes de Proust). Il s'installe à Paris dans le quartier Malesherbes, bien fréquenté, rue de Montchanin (aujourd'hui rue Jacques-Bingen). Été à Étretat, novembre à Cannes. Troubles nerveux.

1885. Mars : *Contes du jour et de la nuit*, chez Havard. Mai : *Bel-Ami*, roman, chez Havard. Printemps en Italie, été en cure à Châtelguyon, hiver au cap d'Antibes. Un premier yacht, le « Bel-Ami ».

1886. Janvier : *Toine*, chez Marpon et Flammarion. Février : *Monsieur Parent*, chez Ollendorff. Mai : *La Petite Roque*, chez Havard. Hiver en croisière sur le « Bel-Ami », avec séjours à Antibes et à Cannes. Été en cure à Châtelguyon.

1887. Janvier : *Mont-Oriol*, roman, chez Havard. Mai : *Le Horla*, recueil publié chez Ollendorff. Séjours à Antibes, à Étretat ; voyage en Algérie et en Tunisie. La santé de Guy se détériore de plus en plus : maux d'yeux, migraines, hallucinations. Sa mère est malade. Son frère Hervé, atteint de troubles mentaux, est interné pour la première fois.

1888. Janvier : *Pierre et Jean*, roman, précédé d'une étude sur « Le roman », chez Ollendorff. Juin : *Sur l'eau*, souvenirs de croisière, chez Marpon et Flammarion. Octobre : le recueil *Le Rosier de Madame Husson*, chez Quantin. Maupassant consulte pour son frère le docteur Blanche, célèbre aliéniste. Automne : lui-même est en cure à Aix-les-Bains. Hiver : de nouveau en Afrique du Nord.

1889. Février : le recueil *La Main gauche*, chez Ollendorff. Mai : *Fort comme la mort*, roman, chez Ollendorff. Achat du second yacht « Le Bel-Ami », à Marseille. À Paris, installation avenue Victor Hugo, dans un « beau quartier ». Été à Triel. Hervé est interné à l'hospice de Bron, près de Lyon. Maupassant lui rend visite en août. Automne en Corse, en Italie, en Tunisie. Le 13 novembre, Hervé meurt fou.

1890. Mars : *La Vie errante*, récits de voyage, chez Ollendorff. Avril : le recueil *L'Inutile Beauté*, chez Havard. À la fin d'avril, il loue rue du Boccador un nouvel appartement, où il s'installe en juillet. Été : cure à Plombières, séjour à Nice et Saint-Tropez. Automne : voyage en Afrique du Nord.

1891. *Musotte*, pièce tirée de « L'Enfant », est jouée au Gymnase. Maupassant, dont la santé va se dégradant depuis des années, rongé par les suites nerveuses de la syphilis, se sent devenir fou. Il ne publiera plus de recueil. Il n'achèvera pas deux romans commencés, *L'Âme étrangère* et *L'Angélus*. Été en cure à Divonne-les-Bains ; séjour à Nice. Hiver à Cannes.

1892. Le 1er janvier, Maupassant tente de se suicider. Transporté à la clinique du docteur Blanche à Paris, il se dégrade complètement, mentalement et physiquement.

1893. 6 juillet : mort de Maupassant.

BIBLIOGRAPHIE

Sauf mention contraire, le lieu d'édition est Paris.

I. ŒUVRES DE MAUPASSANT

1° Œuvres complètes

On utilisera l'édition de la Bibliothèque de la Pléiade, Gallimard : les *Contes et nouvelles* en deux tomes, 1974-1979, et les *Romans*, 1987, présentés par Louis Forestier ; pour la correspondance de Maupassant, les trois volumes (notés ici *Correspondance* I, II, III) présentés par Jacques Suffel dans l'édition des *Œuvres Complètes* du Cercle du Bibliophile, Évreux, 1969-1973, tomes 16, 17, 18. On trouvera *Des vers* au tome I de cette édition. La *Correspondance* entre Flaubert et Maupassant a été éditée par Yvan Leclerc, Flammarion, 1993.

2° Éditions d'œuvres séparées intéressant le lecteur des Sœurs Rondoli

Maupassant, *Chroniques*, publiées par Hubert Juin, UGE, 1980 ; rééd. « 10/18 », 1993 (3 volumes).

Maupassant, *Boule de suif et autres contes normands*, 1971 ; *Le Horla et autres contes cruels et fantastiques*, 1976 ; *La Parure et autres contes parisiens*, 1984, préfaces et notes de Marie-Claire Bancquart, « Les classiques Garnier ».

Maupassant, *Bel-Ami*, présentation et notes de Marie-Claire Bancquart, éditions de l'Imprimerie Nationale, 1979.

Maupassant, *La Vie errante*, éd. d'Olivier Frébourg, La Table Ronde, 2000.

Les publications des œuvres de Maupassant dans la collection « Folio classique », Gallimard, sont citées en référence dans les Notes.

II. SUR MAUPASSANT (INTÉRESSANT LE LECTEUR DES *SŒURS RONDOLI*)

1° Biographies

Jean-Jacques Brochier, *Maupassant, une journée particulière*, J.-C. Lattès, 1993.

Olivier Frébourg, *Maupassant, le clandestin*, Mercure de France, 2000 ; rééd. Gallimard, Folio, 2002.

Armand Lanoux, *Maupassant le Bel-Ami*, Fayard, 1967 ; rééd. augmentée, Livre de Poche, Hachette, 1983.

Albert-Marie Schmidt, *Maupassant par lui-même*, « Écrivains de toujours », Le Seuil, 1962 ; rééd. 1976.

Henri Troyat, *Maupassant*, Flammarion, 1989 ; rééd. Livre de Poche, Hachette, 1991.

2° Études sur l'œuvre

A. Ouvrages individuels

Marie-Claire Bancquart, *Maupassant conteur fantastique*, Minard, Lettres Modernes, 1976 ; rééd. 1993.

Pierre Bayard, *Maupassant, juste avant Freud*, éditions de Minuit, 1994.

Micheline Besnard-Coursodon, *Étude thématique et structurale de l'œuvre de Maupassant : le piège*, Nizet, 1973.

Jacques Bienvenu, *Maupassant inédit*, Édisud, 1993.

Philippe Bonnefis, *Comme Maupassant*, Presses Universitaires de Lille, 1981 ; rééd. 1993 ; *Parfums, son nom de Bel-Ami*, Galilée, 1995.

Marianne Bury, *La Poétique de Maupassant*, SEDES, 1994.
Pierre Danger, *Pulsion et désir dans les romans et nouvelles de Guy de Maupassant*, Nizet, 1993.
Gérard Delaisement, *Maupassant journaliste et chroniqueur*, Albin Michel, 1956 ; *Guy de Maupassant, le témoin, l'homme, le critique*, CRDP d'Orléans-Tours, 1984 ; *La Modernité de Maupassant*, Rive droite, 1995.
Antonia Fonyi, *Maupassant 1993*, Kimé, 1993.
Algirdas Julien Greimas, *Maupassant, la sémiotique du texte*, Le Seuil, 1976.
Bettina Kopelke, *Die Personennamen in den Maupassants Novellen*, Peter Lang, Francfort, 1990.
Alberto Savinio, *Maupassant et l'«Autre»*, traduction de Michel Arnaud, «Du monde entier», Gallimard, 1977.
André Vial, *Guy de Maupassant et l'Art du roman*, Nizet, 1954 ; *Faits et significations*, Nizet, 1973.

B. Ouvrages collectifs

Flaubert et Maupassant, écrivains normands, Presses Universitaires de France, 1981.
Maupassant, miroir de la nouvelle, Presses Universitaires de Vincennes, 1988.
Maupassant, numéro spécial du *Magazine littéraire*, mai 1993.
Maupassant, numéro spécial d'*Europe*, sous la direction de Marie-Claire Bancquart, août-septembre 1993.
Maupassant et l'Écriture, sous la direction de Louis Forestier, Nathan, 1993.
Maupassant, conteur et romancier, sous la direction de Robert Lethbridge et Christopher Lloyd, University of Durham, Modern Language Series, 1994.
Imaginer Maupassant, sous la direction de Francis Marcoin, *Revue des Sciences humaines*, nº 235, juillet-septembre 1994.
Maupassant multiple, Toulouse, Presses Universitaires du Mirail, 1995.
Maupassant et les Pays du soleil, sous la direction de Jacques Bienvenu, Klincksieck, 1999.

NOTES

Le recueil *Les Sœurs Rondoli* a paru chez Ollendorff en juillet 1884, avec un grand succès. C'est la première fois que Maupassant donnait un livre à cet éditeur; il avait auparavant mis en concurrence, avec un sens bien « normand » des affaires, les éditeurs Charpentier et Havard. À ce dernier, à qui cependant il va confier *Yvette*, recueil qui paraît au début de novembre, il ne manque pas d'opposer la belle activité d'Ollendorff, en dépréciant même les récits qui viennent de paraître pour mieux faire ressortir l'inertie de son correspondant: « Voici le moins bon de mes volumes, paru en plein été, en plein choléra, vendu en deux mois à 9 500 exemplaires, alors que *La Maison Tellier et Miss Harriet* sont restées tout à fait en arrière » (octobre 1884; *Correspondance*, II, p. 359). On voit paraître ici un Maupassant avide et matois en affaires, qui a de bonnes raisons pour décrire la place de l'argent dans la société contemporaine!

LES SŒURS RONDOLI

Ce récit a paru dans *L'Écho de Paris* en feuilleton quotidien, du 29 mai au 5 juin 1884.

Page 41.

1. La dédicace n'apparaît que dans le recueil. Georges de Porto-Riche (1849-1930) n'avait pas encore atteint la renommée (maintenant éteinte) qu'il devait connaître à partir de 1888, date où fut représentée la comédie *La Chance de Françoise* au Théâtre-Libre ; mais il avait déjà fait ses premières armes de dramaturge, et sans doute déjà son penchant personnel était-il de se préoccuper de l'amour exclusivement physique, qu'il illustra ensuite dans ses pièces, scandalisant quelques critiques. C'est une raison pour que Maupassant lui ait dédicacé ce récit ; une autre est que Porto-Riche était d'origine italienne, sa famille de négociants ne s'étant établie en France qu'au début du XIXe siècle.

2. Il n'y a guère que 150 kilomètres de Vintimille à Gênes, Maupassant parle-t-il pour lui ? Avant le grand voyage qu'il fit en 1885 en Italie, il s'était rendu à Florence et à Gênes, en revenant d'Algérie, en septembre-octobre 1881. L'une de ses « Chroniques », parue dans *Le Gaulois* du 14 avril 1884, le montre se rendant en chemin de fer de Gênes à Marseille. Des voyages en sens inverse ont naturellement été possibles, Maupassant étant assidu de la Côte d'Azur depuis 1882.

Page 42.

1. Faut-il rappeler que les trains à vapeur envoyaient maintes escarbilles de charbon, et que les voyages, dans des wagons assez mal suspendus, étaient plus lents qu'aujourd'hui ? Partis le jeudi soir de Paris, les deux protagonistes vont arriver à Gênes le lendemain soir à onze heures.

2. Un récit paru le 16 mars 1882 dans *Gil Blas* (« Le Lit », *Mademoiselle Fifi*, éd. Folio classique, p. 93-98), est fait pour l'essentiel d'une lettre supposée écrite au XVIIIe siècle et chantant les louanges du lit comme asile des amours et refuge des douleurs. « Rien n'est excellent hors du lit. » Se sentir étreint par l'angoisse dans son propre lit, comme c'est le cas dans « Lui ? » et « Le Horla », c'est le signe du plus grand bouleversement psychologique.

Page 43.

1. En homme du Nord, Maupassant déteste l'odeur d'ail, tout comme Huysmans, qui, dans *Les Sœurs Vatard* (1879), fait rompre le peintre Cyprien avec sa maîtresse Céline parce qu'elle a mangé du gigot piqué d'ail (chapitre XIX).

2. « Est-il rien de plus sinistre qu'une conversation de table d'hôte ? » devait écrire Maupassant en 1888 (*Sur l'eau*, éd. Folio classique, p. 59). « J'ai vécu dans les hôtels, j'ai subi l'âme humaine qui se montre là dans toute sa platitude. Il faut vraiment être bien résolu à la suprême indifférence pour ne pas pleurer de chagrin, de dégoût et de honte quand on entend l'homme parler. »

3. Solitude dans la grande ville étrangère, que l'homme en proie à l'angoisse peut transporter dans sa propre ville, comme le héros de « Lui ? » parcourant les rues de Paris et celui de « Garçon, un bock ! » (*Miss Harriet*, éd. Folio classique) dans sa brasserie. La suite de ce texte prouve que Maupassant, loin de les croire aberrants, pense qu'ils sont les seuls lucides.

Page 45.

1. Citation du poème « J'aimai. Qui n'aima pas ?... » de *Festons et astragales* (1859) de Louis Bouilhet, le grand ami de Flaubert et le premier maître en littérature de Maupassant.

Page 46.

1. Il allait y avoir un jeudi 26 juin 1884. C'est la coutume de Maupassant journaliste de donner un air d'actualité à ses récits.

2. Il s'agit vraisemblablement, non de la ville de Marly-le-Roi, mais du petit hameau de Marly-la-Machine, dépendant de la commune de Bougival. Argenteuil, Bezons, Bougival, autant de lieux où le jeune Maupassant aima canoter en joyeuse compagnie.

3. On pense aux dessins de Grandville, en particulier aux *Métamorphoses du jour* (Havard, 1854 ; réédité en 1869 aux éditions Garnier), où il représente les gens avec des physionomies animales venues de la simple exagération des types humains — ou, si l'on veut, de la recherche de telle ou telle race animale par laquelle serait passé tel ou tel homme : les travaux d'anatomie comparée de Geoffroy-Saint-Hilaire avaient déjà ouvert la voie au transformisme, auquel, on le sait, Maupassant fut acquis par la lecture de Darwin et de Spencer.

Page 48.

1. Cette fois, un trait direct décoché par l'homme du Nord aux gens du Midi. Maupassant venait de publier *Au Soleil*, où, dans le chapitre « La Mer », il s'en prend au laisser-aller et à l'odeur de Marseille qu'il compare à celle d'« une belle fille qui manquerait de soins » (éd. La Boîte à Documents, 1990, p. 298). Les reproches formulés contre le Midi seront les mêmes dans le récit « Duchoux » (*La Main gauche*, éd. Folio classique, p. 142-147). Comparons encore Maupassant à Huysmans : celui-ci, dans *Là-Bas* (1891), va jusqu'à faire reprocher à Jeanne d'Arc par l'érudit des Hermies d'avoir amené à coudre « les races les plus hostiles », et notamment les gens du Nord à « ces êtres au brou de noix et aux yeux vernis », « ces broyeurs de chocolat et mâcheurs d'ail, qui ne sont pas du tout des Français, mais bien des Espagnols ou des Italiens » (éd. Folio classique, p. 73).

Page 51.

1. Ces évocations sont stéréotypées chez Maupassant quand il évoque l'odeur du littoral méditerranéen ; par exemple dans la « Chronique » du 14 avril 1884, citée n. 2, p. 41 : « Les souffles délicieux des orangers, des citronniers et des roses dont toute cette côte est couverte, entraient par les portières baissées, endormeurs et grisants » (*Contes et nouvelles*, éd. Gallimard, collection de la Pléiade, tome II, p. 1273).

Page 52.

1. « *Non capisco* » : « Je ne comprends pas. »
2. « *Mica* » : « Pas du tout. »

Page 59.

1. Un *patito* : un amoureux, avec la nuance qu'il est prêt à tout supporter.

Page 62.

1. Newmownhay : parfum de foin coupé.
2. Ce détail ne doit pas étonner : les hommes élégants ont longtemps utilisé la poudre de riz pour matifier et éga-

liser leur teint ; cet usage a perduré jusque dans les années 1920.

Page 64.

1. Allusion évidente à la fable de La Fontaine « Le Renard et les Raisins », livre III, 11, v. 7 : « Ils sont trop verts, dit-il, et bons pour des Goujats » (éd. Folio classique, p. 113).

Page 65.

1. Jeu grinçant entre la « petite vérole » (du reste fort contagieuse) et la « grande vérole », ou syphilis, danger auquel peut bien exposer Francesca. Maupassant savait de quoi il parlait, lui qui, noceur impénitent, vit dès 1877 se déclarer les signes de la syphilis qui allait être à l'origine de migraines, de troubles de la vue et de troubles nerveux dont il souffrait depuis des années lorsqu'il écrivit « Les Sœurs Rondoli ».

2. *À vaincre sans péril, on triomphe sans gloire* : *Le Cid*, acte II, scène 2, v. 436 (éd. Folio classique, p. 73).

Page 66.

1. Il s'agit de la *Vénus au repos* du Titien, tableau peint vers 1540, qui se trouve dans la galerie des Offices à Florence. C'est un tableau de référence, qui a inspiré Ingres et Manet. Il a frappé Maupassant, qui en parle dans *La Vie errante* comme d'un « rêve prodigieux d'attrait charnel /.../ cette grande toile longue, où repose cette grande femme au geste impudique, nue et blonde, éveillée et calme » (*La Vie errante*, Conard, 1909, p. 48).

Page 69.

1. Ce sont les palais traditionnellement visités à Gênes : le palais Spinola, du XVe siècle, décoré de bandes noires et blanches, avec des appartements somptueux, se trouve sur une place qui donne sur la rue Garibaldi, où sont d'autres palais : le palais Doria Tursi, du XVIe siècle, avec une belle cour ; le palais Rouge, du XVIIe siècle, et, presque en face de lui, le palais Blanc, du XVIe siècle, abritent de remarquables galeries d'art. Enfin, le palais Marcello Durazzo, au no 1 de la via Balbi, tout proche des précédents, montre

une belle façade du XVIIe siècle, surmontée de petites loggias du XVIIIe siècle.

Page 71.

1. « Ces traverses resserrées... » : il s'agit donc ici des quartiers médiévaux de Gênes, qui ont été touchés par les bombardements en 1942, mais qui présentent encore un lacis de ruelles et de traverses, autour de l'église Santa Maria di Castello.

Page 72.

1. Sur la côte qui va de Gênes à Pise, et à une trentaine de kilomètres de Gênes, Santa Margherita Ligure est un petit port établi au fond du beau golfe de Tigullio, à cinq kilomètres de Portofino.

Page 75.

1. L'évocation si charnelle de ce « fantôme » nous oriente vers des récits plus ouvertement obsessionnels, comme le passage de « La Morte » où l'amant, ayant en vain voyagé pour oublier, retrouve le souvenir de sa maîtresse dans leur ancienne chambre et surtout dans le miroir (*La Main gauche*, éd. Folio classique, p. 171-172).

LA PATRONNE

Ce récit parut sous la signature « Maufrigneuse » dans *Gil Blas*, le 1er avril 1884.

Page 82.

1. Cette dédicace n'est pas dans *Gil Blas*. Le docteur Baraduc, ami du père de Maupassant, était médecin inspecteur des eaux de Châtelguyon ; il y attira sans doute Guy de Maupassant, qui fréquenta à partir de 1882 la station. Celle-ci, purement d'intérêt local avant 1875, avait fait l'objet d'une mise en valeur, non dépourvue de spéculations financières fructueuses, par les médecins envoyés de Paris : on en retrouve l'histoire, et le portrait assez équivoque du Dr Baraduc (inspirant à Maupassant les personnages des docteurs « Bonnefille » et « Latonne » du roman) dans *Mont-Oriol*, roman publié par Maupassant en 1887.

2. Rue des Saints-Pères : c'est une rue calme et ancienne du VIe arrondissement, assez proche des Facultés, que Maupassant connaissait bien, car les bureaux du journal *Le Voleur* auquel il collaborait y étaient établis.

3. 2 500 francs : somme assez confortable car, employé de Ministère, c'est au bout de cinq ans, en 1878, que Maupassant devait gagner 2 000 francs par an.

Page 85.

1. En cheveux : être dehors sans coiffure « marque mal » : cela ne se fait que dans les plus basses classes de la société. Les ordonnances de police indiquaient que les prostituées, dans les lieux publics, devaient porter chapeau.

2. « Petite secousse » purement physique, qui fournit à Barrès en 1891 le surnom de l'héroïne du *Jardin de Bérénice* ; mais ce personnage est très complexe et chargé d'un symbolisme fin de siècle que la petite amie de Georges Kervelen ignore certes.

Page 87.

1. Allumettes-bougies : c'étaient de très petites bougies terminées par un mélange phosphorique inflammable.

2. Une lampe à esprit-de-vin : par « esprit-de-vin », on désignait familièrement l'alcool. Les lampes à alcool étaient formées d'un récipient contenant de l'alcool dans lequel trempait une mèche de coton qui dépassait du couvercle, et que l'on pouvait allumer. Surmontée d'une légère structure métallique, la lampe se transformait en réchaud.

3. Ne pas s'y tromper : cela signifie qu'elle est encore en chemise, sous son « jupon de dessous » ; le jeune homme a ôté sa robe et son « jupon de dessus », les vêtements féminins étant alors compliqués ! La Patronne est dans « le même costume qu'Emma », c'est-à-dire en camisole de nuit et jupon.

Page 89.

1. Sa *maison* : l'italique annonce ici quelque emphase de Mme Kergaran, comme lorsqu'on dit : « train de maison », « être de bonne maison ».

LE PETIT FÛT

Ce récit parut dans *Le Gaulois* du 7 avril 1884.

Page 92.

1. Cette dédicace n'existe pas dans *Le Gaulois*. Journaliste, Adolphe Tavernier collaborait, comme Maupassant, à *Gil Blas* et à *L'Écho de Paris* ; il était en outre un des spécialistes mondains du duel et de l'escrime. Il fit paraître en 1884 *L'Art du duel*, préfacé par cet Aurélien Scholl qui allait donner beaucoup de ses traits au peu recommandable Jacques Rival du roman de Maupassant *Bel-Ami*, en 1885 (voir l'assaut d'armes décrit au chapitre 3 de la seconde partie). On peut réfléchir sur un certain opportunisme des dédicaces de Maupassant, tant à Adolphe Tavernier qu'au docteur Baraduc : des personnages utiles du point de vue social, mais sur lesquels l'écrivain ne se fait guère d'illusions.

2. « Maître » désigne dans le dialecte normand un homme aisé, qui « a du bien », par opposition aux personnages appelées « père » ou « mère », comme ici la mère Magloire : ces termes ne désignent pas seulement l'âge, mais un état modeste de fortune. L'aisance de Maître Chicot est prouvée par son arrivée en « tilbury », léger cabriolet à deux places.

3. Épreville est à six kilomètres de Fécamp, à l'intérieur des terres.

4. « Malicieux », en dialecte normand, a conservé le sens de l'ancien français : « qui peut jouer des mauvais tours ». Le lecteur du XIXe siècle comprend aisément le décalage avec le sens moderne, car les termes qualifiant les chevaux sont évidemment répandus alors, et le vieux sens a été gardé dans le terme de manège « un cheval malicieux » c'est-à-dire capable de méchantes ruses. Maupassant emploie toujours ainsi les traits dialectaux : ils sont compréhensibles, quoique nettement en contraste avec l'usage parisien de la langue. On relève dans la suite des apocopes (maît'), des syllabes avalées (c'te santé), « é » employé pour « oi » (mé = moi), « alle » pour « elle », la première personne du pluriel du verbe employée avec un pronom singulier (je crûmes, j'sommes), des conjugaisons particulières (« j'y

sieus née »), l'emploi des termes « boissonner » (enivrer) et « manante » (personne pauvre et grossière).

Page 93.

1. Ma raison : les preuves que j'apporte à mon dire.

Page 94.

1. C'est considérable pour la paysanne : un employé débutant gagnait 125 francs par mois.

Page 95.

1. Un pot était une mesure de deux litres.

Page 96.

1. Une « pratique » est quelqu'un que l'on connaît bien, dans le sens de « connaître » ses tours, ses ruses.

Page 97.

1. Le « fil-en-dix » est une eau-de-vie très forte, car il existe du « fil-en-quatre » et du « fil-en-six ». Littré donne l'explication : « eau-de-vie forte comme du fil à 4, 6, 10 brins. »

LUI ?

Ce récit parut dans *Gil Blas*, sous la signature « Maufrigneuse », le 3 juillet 1883.

Page 100.

1. Pierre Decourcelle (1856-1926) était un journaliste collègue de Maupassant au *Gaulois*, et un auteur de vaudevilles.

Page 104.

1. « Le boulevard » est le nom générique donné alors aux grands boulevards (de la Madeleine, des Capucines, des Italiens, Montmartre, Poissonnière), centre de l'animation et des affaires en ce début de la Troisième République.

Page 106.

1. Maupassant souffrit en 1880 de troubles de l'accommodation de l'œil droit, qui allèrent jusqu'à la paralysie ; ils recommencèrent en 1883. Les médecins diagnostiquaient une probable attaque de cellules cérébrales.

MON ONCLE SOSTHÈNE

Ce récit parut sous la signature « Maufrigneuse » dans *Gil Blas* du 12 août 1882.

Page 110.

1. La dédicace ne se trouve pas dans le journal. Paul Ginisty (1855-1932), journaliste collègue de Maupassant à *Gil Blas* et romancier, était assez lié avec notre écrivain pour que celui-ci préface son roman *L'Amour à trois*, en 1884.

2. Le narrateur se révèle ici comme un rationaliste convaincu de la victoire de la science sur l'ignorance, ce que n'était pas Maupassant : celui-ci a maintes fois insisté, à la fin de son parcours littéraire, sur l'insuffisance irrémédiable de nos sens et de notre intelligence, qui, même aidés d'instruments, ne sauraient saisir exactement le monde. Mais sur le chemin du « Horla » (1887) et de « L'Inutile Beauté » (1890), l'inquiétude de Maupassant s'exprime déjà dans le récit « Magnétisme », paru le 5 avril 1882 (recueilli dans le recueil posthume *Le Père Milon*, Bibliothèque de la Pléiade, I, p. 406-410), ainsi que dans les nombreux récits contemporains relatant des actes inexplicables par la raison, comme « Suicides » (voir plus loin, p. 184 et s.).

Page 111.

1. La remarque précédente vaut pour cette déclaration (« Le patriotisme... c'est l'œuf des guerres ») : Maupassant a toujours été un ennemi déclaré de la guerre. Mais on ne peut en dire autant du patriotisme, quand il est une réaction d'attachement à une terre et à des coutumes. Il suffit pour s'en convaincre de rappeler des contes comme « Mademoiselle Fifi » (paru le 23 mars 1882). Le narrateur

est en somme un personnage trop sûr de lui, bien fait pour être berné. Maupassant, lui, est absolument sceptique en ce qui concerne tout engagement religieux et social, et toute croyance absolue: «Je veux n'être jamais lié à un parti politique, quel qu'il soit, à aucune religion, à aucune secte, à aucune école, ne jamais entrer dans aucune association professant certaines doctrines, ne jamais m'incliner devant aucun dogme, devant aucune prime et aucun principe», écrit-il en 1876 à Catulle Mendès (*Correspondance*, I, p. 220).

2. Le Grand-Orient, rite qui comptait le plus d'adhérents et exerça une très grande influence pendant la Troisième République, s'était récemment (1877) déclaré absolument laïc, en supprimant la profession de foi dans le Grand Architecte de l'univers qui faisait partie de l'initiation à la franc-maçonnerie. L'oncle Sosthène appartient assurément à cette branche de la maçonnerie.

3. J. M. J.: Jésus, Marie, Joseph.

Page 112.

1. «Pie IX fut des vôtres, avant d'être pape»: rien n'est prouvé à ce sujet. Mais il est certain qu'avant 1848, moment où il adopta une politique tout à fait conservatrice, Pie IX, d'abord cardinal d'Imola, puis pape de 1846 à 1878, fut classé parmi les libéraux, et compta plusieurs amis parmi les francs-maçons, comme Pellegrino Rossi qui fut ambassadeur de France à Rome. Le bruit courait qu'il était lui-même initié depuis sa jeunesse.

2. «La Franc-Maçonnerie est une usine à élections»: on sortait tout juste d'une crise politique quand parut ce récit: chute du cabinet Freycinet le 30 juillet 1882, élection le 10 août du cabinet Duclerc.

3. Le prince Napoléon (1822-1891) était le fils de Jérôme Bonaparte, dernier frère de Napoléon Ier. Il passa son enfance et sa jeunesse en Italie, puis en Allemagne, et entra dans la vie politique française en 1848. Il siégea à l'extrême gauche dans les assemblées de la seconde République, puis se rallia à son cousin Napoléon III, et devint sénateur. Homme de caractère très contrasté, ardent défenseur des nationalités, il soutint un bonapartisme de gauche, très anticlérical. Il devint après la chute du second Empire

chef du parti napoléonien, et finit sa vie en exil, après le vote de la loi sur l'expulsion des prétendants impériaux et royalistes le 22 juin 1880.

Le prince héritier en Allemagne était Frédéric-Guillaume, fils de Guillaume Ier, qui était roi de Prusse depuis 1861 et empereur d'Allemagne depuis 1871. Né en 1831, cultivé et, dit-on, ami de la paix, le prince héritier ne devait régner que 99 jours, sous le nom de Frédéric III, à la mort de son père en 1888. Il mourut d'un cancer la même année. Son fils lui succéda sous le nom de Guillaume II.

Le czar (ou tsar) régnant était Alexandre III (1845-1894), au pouvoir depuis l'assassinat de son père Alexandre II en 1881.

Le roi Humbert Ier d'Italie (1844-1900), fils aîné de Victor-Emmanuel, était devenu roi en 1878. Il devait mourir assassiné par un anarchiste.

Le prince de Galles, Albert-Édouard (1841-1910), fils de la reine Victoria, devait devenir roi d'Angleterre en 1901 sous le nom d'Édouard VII. On savait officiellement qu'il était devenu en 1874 grand-maître de la franc-maçonnerie anglaise.

Page 114.

1. Les « banquets gras » existaient, preuve de la violence avec laquelle les anticléricaux s'opposaient alors à une Église catholique il est vrai beaucoup plus intransigeante et puissante qu'aujourd'hui. Certains intellectuels étaient de leur côté : Sainte-Beuve, mort en 1869, avait fait savoir publiquement qu'il dînait gras le Vendredi saint.

Page 118.

1. On pouvait jouer à deux au « bésigue », avec deux ;eux de cartes mêlés.

Page 119.

1. Depuis 1868, les Pères Blancs fondés par le cardinal Lavigerie évangélisaient l'Afrique et y répandaient aussi l'influence française.

LE MAL D'ANDRÉ

Ce récit fut publié sous la signature « Maufrigneuse », le 24 juillet 1883 dans *Gil Blas*.

Page 120.

1. Cette dédicace n'existe pas dans le journal. Edgar Courtois était chroniqueur à *La Vie parisienne*.

Page 124.

1. À cause de l'emploi du mot « sacré » dans les jurons, le verbe « sacrer » avait dans la langue familière le sens de « jurer », « blasphémer », sens maintenant inusité.

LE PAIN MAUDIT

Ce récit parut dans *Gil Blas*, sous la signature « Maufrigneuse », le 29 mai 1883.

Page 128.

1. Henry Brainne était le fils de Mme Brainne, l'amie de Flaubert à laquelle Maupassant avait dédié *Une vie*, roman paru en avril 1883. Henry Brainne était un des joyeux canotiers de la bande dont faisait partie Maupassant à Chatou.

2. Il n'existait pas de rue d'Angoulême au Havre, mais une chaussée d'Angoulême entre deux bassins du port, qui ne comptait aucune maison habitée par des particuliers.

Page 129.

1. Sainte-Adresse, au nord du Havre, était une station balnéaire à la mode, où des restaurants réputés étaient donc établis.

Page 133.

1. « Le Pain maudit » : chanson de Charles Pourny, paroles d'Arthur Lamy.

LE CAS DE MME LUNEAU

Ce récit parut, sous la signature de « Maufrigneuse », le 21 août 1883, dans *Gil Blas*.

Page 136.

1. La dédicace n'est pas dans le journal. Georges Duval était journaliste au *Gaulois* et à *L'Événement*. Il écrivit des pièces de théâtre lestes.

Page 138.

1. Intercepté : c'est un « cuir » pour interloqué ; les fautes de langue sont fréquentes dans les paroles des protagonistes, comme « doutance » dans la bouche de Mme Luneau.

Page 141.

1. « Guète-les » : ici, c'est un mot du dialecte normand : guéter = regarder.

Page 142.

1. L'article 1131 du Code civil français reprend un adage du droit romain : on ne peut admettre la plainte d'un homme qui prend pour motif le tort qu'on lui a causé au cours d'une action qui le déshonore lui-même. C'est en vertu de cet article que le juge prononce ici sa sentence.

UN SAGE

Ce récit a été publié sous la signature « Maufrigneuse » dans *Gil Blas* du 4 décembre 1883.

Page 143.

1. Cette dédicace n'existe pas dans le journal. Le baron de Vaux, chroniqueur sportif attitré à *Gil Blas*, et chef des « Échos » du même journal, est le pseudonyme de Charles Baron, né en 1843, fort lié avec Maupassant qui l'invita à Étretat et préfaça en 1883 son ouvrage *Les Tireurs au pistolet*. Encore un personnage louche, comme le prouve l'ex-

trait de son casier judiciaire conservé dans son dossier aux archives de la Préfecture de police. Il aurait escroqué des fonds qui lui avaient été confiés alors qu'il servait au 6e régiment de lanciers, et, cassé de son grade, se serait introduit dans les milieux du journalisme. Plusieurs rapports de police le décrivent comme usant de chantage dans ces milieux. Très fort dans le maniement des armes et au courant de bien des scandales, il était craint et considéré. Maupassant n'a guère d'illusions sur lui : il en fait certainement un des modèles du bretteur Rival et de Bel-Ami (qui change son nom roturier en « Duroy de Cantel ») dans le roman *Bel-Ami*, en 1885.

Page 144.

1. Tout mariage dans la bonne société était précédé, la veille au soir, par la signature du contrat chez les parents de la fiancée, signature qui donnait lieu à une réception.

Page 145.

1. Le boulevard : voir note 1, p. 235.
2. Le théâtre du Vaudeville se trouvait boulevard des Capucines.

LE PARAPLUIE

Ce récit parut dans *Le Gaulois* du 10 février 1884.

Page 152.

1. Pas de dédicace dans le journal. Camille Oudinot, frère d'Hermine Lecomte du Noüy, très lié avec Maupassant, publia des romans et des pièces de théâtre.
2. Les pièces blanches étaient des pièces en argent, d'une valeur de 0,20 à cinq francs ; cette dernière pièce était plus spécifiquement nommée « pièce blanche », par opposition au « jaunet » de 20 francs en or.

Page 153.

1. Cette situation bien spécifiée par Maupassant exclut une interprétation du « Parapluie » comme caractéristique de la gêne bien réelle dans laquelle vivaient les employés

qui n'étaient pas d'autre part des rentiers. Il s'agit bien ici d'avarice. À noter que la présence d'une bonne n'est nullement en contradiction avec ce trait de caractère, car à l'époque, tout ménage un peu décent avait une domestique (mal nourrie, mal payée). N'avoir qu'une femme de ménage ou n'avoir aucune aide, c'était franchement se déclarer dans une gêne qui aurait paru déplacée chez un commis principal.

2. Le grand magasin du Louvre annonce en 1882 comme « affaire » un parapluie en soie sergée, avec un manche en argent, à 8 francs 75. C'était certainement un « premier prix » dont il fallait se méfier. Car le catalogue du « Printemps » annonce pour les étrennes de 1881 un parapluie recouvert de bonne soie pour 14,50 francs.

3. Riflard : nom populaire du parapluie, dû à celui que l'acteur Riflard exhibait dans *La Petite Ville* de Picard (1801).

Page 156.

1. Un parapluie de cuisine était le grand parapluie en coton avec lequel la bonne faisait les courses.

2. *La Maternelle* : il existait alors une compagnie d'assurances « La Paternelle ».

Page 162.

1. La loi du 2 août 1872 qui prit effet en janvier 1875 interdisait l'importation des allumettes, au détriment des allumettes de Suède, renommées et très demandées. Quant aux fabriques françaises, elles étaient expropriées au profit d'une compagnie qui recevait le monopole ; celui-ci devait directement passer à l'État en 1890. Chacun se plaignait des « allumettes du gouvernement », souvent remplacées par de la marchandise de contrebande.

LE VERROU

Ce récit a paru le 25 juillet 1882 dans *Gil Blas*, sous la signature « Maufrigneuse ».

Page 164.

1. La dédicace n'est pas dans le journal. Raoul Denisane est un peintre mort en 1902, apparenté à une correspondante de Maupassant.

2. « Le Célibat » : voir Jean Borie, *Le Célibataire français*, éditions du Sagittaire, 1976. En cette fin du XIXe siècle, très misogyne, les célibataires peuvent être soit des écrivains qui, comme Flaubert, Huysmans ou les Goncourt, ont jugé l'écriture incompatible avec la vie en compagnie d'une femme, soit des hommes qui trouvent plus commode et agréable de vivre seuls, servis par des domestiques, tout en ayant recours pour leurs besoins sexuels aux prostituées ou aux femmes des autres. Les héros de ce récit appartiennent visiblement à la seconde catégorie. Ils ont, tout comme Maupassant, lu les considérations peu flatteuses auxquelles se livre sur la femme le philosophe Schopenhauer, aux chapitres « Métaphysique de l'amour » et « Essai sur les femmes » des *Pensées et fragments*, traduction de A. Bourdeau (1881), la seule traduction de Schopenhauer en français qui existât encore.

Page 165.

1. Un tour était une construction qui permettait de déposer depuis l'extérieur un bébé qu'on voulait abandonner dans une niche et, en faisant tourner le dispositif, d'amener l'enfant à l'intérieur. Le tour fut un dispositif courant dans les hospices de 1811 à 1860, date à laquelle il fut interdit, car on l'accusait de favoriser les abandons. Mais cette disposition légale fut très discutée, en particulier à l'époque où Maupassant écrit : le nombre d'infanticides et d'abandons d'enfants dans des conditions précaires était très élevé. Ainsi le journaliste Émile Villemot avait réclamé le rétablissement des tours dans *Gil Blas* du 18 avril 1882 ; son article, inspiré de deux affaires qui passaient en justice, s'intitulait « Les Martyrs du bas âge ».

2. « *Mulier perpetuus infans* » : « La femme, enfant perpétuel », cet axiome justifie la position de minorité dans laquelle la femme est tenue toute sa vie par le droit romain et le Code Napoléon. Schopenhauer écrit : « Les femmes

demeurent toute leur vie de grands enfants» (trad. Bourdeau, p. 130).

3. Ce vers est inexactement cité. Il s'agit du vers 100 de «La Colère de Samson», dans *Les Destinées*: «La femme, enfant malade et douze fois impur!» Maupassant y a recours plus d'une fois dans son œuvre, plus ou moins fidèlement, ainsi dans le récit «Clair de lune», de 1882: «La femme était bien pour lui l'enfant douze fois impure dont parle le poète» (*Clair de lune*, éd. Folio classique, p. 46).

Page 166.

1. Dans *Le Jardin d'Épicure* (1894), Anatole France regrette aussi que l'homme et la femme aient été créés selon un modèle qui est celui des mammifères supérieurs, au lieu de l'être à l'image des papillons «qui n'ont, au terme de leur vie, d'autre souci que d'aimer et d'être beaux», sous une forme corporelle épurée. «Mais je n'ai pas créé le monde, et le démiurge qui s'en est chargé n'a pas pris mon avis. Je doute, entre nous, qu'il ait consulté les philosophes et les gens d'esprit» (éd. Calmann-Lévy, p. 39-41).

Page 171.

1. Un tableau leste de Fragonard, maintes fois reproduit, s'intitule «Le Verrou». On peut voir dans cette partie du récit un avertissement humoristique d'avoir à imiter les héros du peintre.

RENCONTRE

Ce récit a paru sous la signature «Maufrigneuse» dans *Gil Blas*, le 11 mars 1884.

Page 172.

1. Pas de dédicace dans le journal. Édouard Rod, né en 1857, est un romancier et critique suisse, qui s'est d'abord lié à Paris avec les naturalistes, et a salué dans *Le Voltaire* du 20 avril 1880 *Les soirées de Médan*, mais qui a très vite évolué vers le roman de l'analyse psychologique et des crises de conscience, comme *La Course à la mort* (1885).

Page 175.

1. Un coupé se trouvait à l'extrémité d'un wagon de première classe. Il ne comportait qu'une banquette, ou qu'un rang de fauteuils, sans vis-à-vis. Rappelons que les compartiments ne communiquaient pas : la voyageuse sera donc seule à seul avec le baron.

2. Toque de voyage : il était courant au XIXe siècle que l'on se couvre la tête pour dormir, le chauffage étant souvent déficient ou inexistant. Les hommes mettaient soit un bonnet de nuit, soit une toque quand ils étaient plus élégants, et à plus forte raison s'ils étaient appelés à dormir en public, par exemple dans le train.

Page 176.

1. *Quand on est jeune, on a des matins triomphants* : vers bien connu de « Booz endormi » (1859) de Victor Hugo, dans *La Légende des siècles*.

SUICIDES

Ce récit a paru dans *Gil Blas* du 17 avril 1883, sous la signature « Maufrigneuse ». Il est le remaniement d'un récit intitulé « Comment on se brûle la cervelle », paru dans *Le Gaulois* du 29 août 1880.

Page 184.

1. Georges Legrand fait partie des joyeux compagnons de Maupassant. Il l'a introduit en 1883 chez la comtesse Potocka.

DÉCORÉ !

Ce récit parut, sous la signature « Maufrigneuse », dans *Gil Blas*, le 13 novembre 1883.

Page 192.

1. Maupassant a tout de même accepté les Palmes académiques, reçues en décembre 1879 alors qu'il est employé au ministère de l'Instruction publique (c'est une décoration facilement dévolue après un certain temps de

service, sans qu'il y ait désir ou demande de l'intéressé). Il n'est pas interdit de voir dans les efforts de M. Sacrement pour les obtenir une certaine ironie de Maupassant à leur égard. Comme Flaubert, il estime que les décorations et distinctions publiques en tout genre ne sont pas pour les écrivains, qui doivent rester indépendants. Dans l'article « Chez le ministre », paru dans *Gil Blas* le 9 janvier 1883, il écrit que la Légion d'honneur « n'a rien à voir » avec « la question du talent ». Dans *Bel-Ami*, en 1885, seconde partie, chapitre VII, Duroy reçoit la croix par l'entremise du député Laroche-Mathieu, qui est l'amant de Madeleine sa femme : on voit que cette situation n'est guère différente de celle du présent récit. Discrètement sondé pour savoir s'il accepterait la Légion d'honneur, Maupassant fit savoir en juillet 1888 qu'il ne souhaitait pas se la voir proposer (*Correspondance*, III, p. 523). Il est vrai qu'on était alors sous le coup du scandale qui amena le président de la République Grévy à la démission, en décembre 1887, après la découverte que son gendre Wilson avait mis en vente les décorations.

Page 194.

1. Rappelons que le « socialiste » de 1883, anarchisant le plus souvent, se trouve à l'extrême gauche des opinions politiques.

Page 195.

1. On est en pleine actualité des réformes de Jules Ferry. La loi sur la gratuité de l'enseignement primaire a été votée le 16 juin 1881 ; celle sur l'enseignement laïque et obligatoire, le 28 mars 1882. Un vent de réformes et d'innovations soufflait donc au ministère de l'Instruction publique, où Maupassant avait travaillé lui-même à un rapport sur l'instruction obligatoire (*Œuvres Complètes*, Librairie de France, tome XV, p. 18).

Page 196.

1. Cette idée ne nous semble pas si absurde, non plus que celle de bibliothèques des rues : elles préfigurent en quelque sorte l'enseignement audiovisuel et le bibliobus. Mais il faut se replacer dans l'esprit de l'époque : l'ensei-

gnement était considéré comme devant se dispenser uniquement par le livre et le maître dûment accrédité, en des lieux qui avaient vocation expresse pour cela.

CHÂLI

Ce récit a paru dans *Gil Blas* sous la signature « Maufrigneuse » le 15 avril 1884, précédé de considérations d'actualité qui le situent dans un contexte exotique alors à la mode, parce qu'il constituait un changement par rapport aux peintures de mœurs (*Le Quartier Pigalle* de Georges Duval, Marpon et Flammarion, 1884 ; *Femme à soldats* de Robert Caze, Marpon et Flammarion, 1884) et aux romans mondains (*Mademoiselle Tantale* de Dubut de Laforest, Dentu, 1884). Mais l'exotisme de « Châli » n'est certes pas non plus celui de la « délicieuse histoire » du *Mariage de Loti*, paru en 1880 chez Calmann-Lévy, avec un succès immense auprès des mondaines qui se plaisaient aux évocations un peu faciles et molles de la reine Pomaré et des paysages océaniens. Quant au renouvellement du roman d'amour occidental, il est visible que Maupassant l'appelle à travers les paroles qui font l'éloge de romans du XVIIIe siècle : lui-même appréciait *Manon Lescaut* et devait préfacer en 1885 une réédition de ce roman chez Laurette.

Voici le début de l'article dans *Gil Blas* :

C'était après dîner, dans le salon d'une femme du monde, chez qui on parlait librement.

On jugeait les livres nouveaux, puis, à propos d'eux, on en vint à discuter sur l'amour, puisqu'il est le thème presque unique où s'exercent les auteurs. On cita le dernier roman de Georges Duval, Le Quartier Pigalle, *plein de détails si vrais sur la vie à Paris. Un peintre alors se mit à raconter l'amour errant qui court les brasseries de Montmartre, il dit des histoires drôles, esquissa des types de modèles, montra leurs mœurs.*

Un journaliste à son tour recommanda aux dames de lire les études de Robert Caze sur les filles, vantant leur précision savante.

Une femme s'écria : « Non, plus de filles. Ils nous assomment avec leurs histoires de filles. On dirait qu'il n'y a au monde que les drôlesses. Qu'on nous raconte donc l'amour chez nous, dans nos salons. Mais voilà, ils ne nous connaissent pas et ils sont bien obligés de parler de ce qu'ils savent. »

Le journaliste reprit : « Mais, madame, croyez-vous qu'un amour mondain ne soit pas encore plus banal que si vous le prenez plus bas ? Quoi de plus monotone et vulgaire que l'adultère commun ? Dans votre monde, les liaisons se suivent et se ressemblent, les conventions régnant en souveraines, et réglant tout, même les caresses. Dans les autres classes, les liaisons se suivent aussi, mais se ressemblent moins. Il y a plus d'imprévu dans la tendresse, de laisser-aller, de nature. Chez vous, les apparences sauvent tout, cachent tout, voilent tout. Mais si quelqu'un les soulève, les apparences protectrices, vous criez aussitôt au mensonge et au scandale... »

Une autre femme l'interrompit : « Non, ce n'est pas vrai. Mais nous sommes plus difficiles à pénétrer, voilà tout. Je confesse cependant qu'il a été écrit tant de choses sur l'amour depuis le commencement de la littérature que je m'étonne qu'on puisse encore trouver à raconter quelque aventure qui ait une apparence de nouveauté, et je me demande avec stupéfaction quelle dose d'adresse, de talent et d'invention il faut à un homme pour concevoir, combiner, arranger de telle sorte cette éternelle et banale histoire de la tendresse humaine qu'elle nous intéresse encore, et nous paraisse imprévue et originale. Moi, j'aurais beau chercher, je ne trouverais rien de neuf là-dessus.

— Avez-vous lu Mademoiselle Tantale *?*

— Non. Qu'est-ce que c'est ?

— C'est justement l'histoire fort curieuse d'une femme qui cherche l'amour — comment me faire bien comprendre ? — d'une femme dont le corps est rebelle à l'amour et qui le poursuit par tous les moyens, par toutes les tentatives, avec toutes les audaces.

— Et qui le trouve ?

— Non, elle ne le trouve pas.

— Alors, nous ne pouvons tirer profit de rien là-dedans ?

— Eh ! peut-être !

— Non, voyez-vous, ce que je cherche, moi, c'est quelque chose de nouveau sur l'amour dans l'ordre moral. C'est d'éprouver encore une fois l'émotion profonde, sincère, inattendue que m'ont donnée certains livres comme Manon Lescaut, Paul et Virginie *et quelques autres, bien rares. Tenez,*

voici deux ans, j'ai rencontré cela dans cette délicieuse histoire du Mariage de Loti, *cette histoire de là-bas, de cette île perdue au milieu des mers, de cette île silencieuse dont j'entendais, me semblait-il, remuer les feuillages tranquilles, dont je respirais l'air doux, amollissant, chargé de désirs et de caresses. Oh ! j'ai pleuré en lisant cela, et j'ai gardé au cœur un souvenir attendri, cette sensation douloureuse que vous laissent les événements auxquels on a assisté.* »

Le journaliste répondit : « Oui, madame, ce livre est charmant justement parce qu'il a le parfum d'une chose inconnue et lointaine. Il donne à notre cœur une impression séduisante de nouveauté, comme les fruits des tropiques nous laissent au palais, la première fois qu'on en mange, une saveur délicieuse, mais dont on se fatigue bien vite. Ce qui est vraiment difficile, vraiment fort, c'est de raconter, de présenter d'une façon nouvelle, notre amour à nous, éternellement le même. »

« Châli » fut repris en 1886 dans la « 8e Journée » du *Nouveau Décaméron* publié chez Dentu. Le début du récit dans *Gil Blas*, que nous venons de donner, est remplacé par quelques lignes introductives où Maupassant feint de prendre la parole au nom de son « vieil ami » l'amiral de La Vallée, en commençant l'histoire par « J'avais trente ans /.../ ». Il est intéressant de noter que cette « 8e Journée » du *Nouveau Décaméron* est dédiée aux « amours lointaines » ; il contient notamment des récits de Coppée (se situant en Russie), de Leconte de Lisle (aux Indes), de Paul Ginisty (en Perse), de Judith Gautier (en Russie), de Théodore de Banville (en Égypte), d'Armand Silvestre (en Russie).

Page 200.

1. Jean Béraud (1849-1935), élève de Bonnat le portraitiste, était alors spécialisé dans les vues de la vie bourgeoise parisienne (« Montmartre », 1881 ; « La salle Graffard », 1884). Il exposa à la galerie Petit en 1884. Maupassant l'a fait figurer dans l'imaginaire galerie de peintres du banquier Walter de *Bel-Ami* (éd. Folio classique, p. 162).

Page 201.

1. « /.../ je marche vivant dans mon rêve étoilé ! » proclame dans *Ruy Blas* le héros, acte III, scène 4.

2. Ganhara, le rajah Maddan : ces noms sont imaginaires, quoique leurs consonances soient plausibles pour des villes et des noms de l'Inde, contrée dont la reine d'Angleterre Victoria était impératrice, et sur laquelle la revue *Le Magasin pittoresque* ne manquait pas de donner maints détails pour ses nombreux lecteurs français.

Page 202.

1. L'étoile de Delhi : nom de pierre (de diamant sans doute) également imaginaire.

Page 204.

1. Le lac de Vihara : nom imaginaire.

Page 209.

1. Sans attribuer pour cela à Maupassant des penchants pervers, on peut constater que la sexualité naissante de la fillette l'intéresse, avec le personnage de la petite Laurine, fille de Mme de Marelle, qui donne à Duroy son surnom dans *Bel-Ami*, et que le désir pour une fillette va jusqu'au viol et au crime dans « La petite Roque », récit paru en décembre 1885. Laurine et la petite Roque ont une douzaine d'années ; on peut supposer un égal développement, à huit ans, chez l'Orientale Châli.

Page 214.

1. Le poème X des *Orientales* de Victor Hugo, « Clair de Lune » (1828), a pu inspirer Maupassant : « Qui trouble ainsi les flots près du sérail des femmes ? / Ni le noir cormoran, sur la vague bercé, / Ni les pierres du mur, ni le bruit cadencé / Du lourd vaisseau, rampant sur l'onde avec des rames. // Ce sont des sacs pesants, d'où partent des sanglots. / On verrait, en sondant la mer qui les promène, / Se mouvoir dans leurs flancs comme une forme humaine... / La lune était sereine, et jouait sur les flots. » Maupassant avait terminé son drame jamais joué de 1878 *La Trahison de la comtesse de Rhune* par le meurtre de l'héroïne, dont le corps est jeté par une fenêtre dans un étang. Mais l'influence des *Orientales*, étant donné le contexte, paraît plus probable.

LES SŒURS RONDOLI

DOSSIER

DU MÊME AUTEUR

Dans la même collection

BEL-AMI. *Édition présentée et établie par Jean-Louis Bory.*

BOULE DE SUIF. *Édition présentée et établie par Louis Forestier.*

LA MAISON TELLIER. *Édition présentée et établie par Louis Forestier.*

UNE VIE. *Édition présentée par André Fermigier.*

MONT-ORIOL. *Édition présentée et établie par Marie-Claire Bancquart.*

MADEMOISELLE FIFI. *Édition présentée par Hubert Juin.*

MISS HARRIET. *Édition présentée par Dominique Fernandez.*

CONTES DE LA BÉCASSE. *Édition présentée par Hubert Juin.*

PIERRE ET JEAN. *Édition présentée et établie par Bernard Pingaud.*

FORT COMME LA MORT. *Édition présentée et établie par Gérard Delaisement.*

CONTES DU JOUR ET DE LA NUIT. *Édition présentée et établie par Pierre Reboul.*

LE HORLA. *Édition présentée par André Fermigier.*

LA PETITE ROQUE. *Édition présentée par André Fermigier.*

MONSIEUR PARENT. *Édition présentée par Claude Martin.*

LE ROSIER DE MADAME HUSSON. *Édition présentée et établie par Louis Forestier.*

TOINE. *Édition présentée et établie par Louis Forestier.*

SUR L'EAU. *Édition présentée et établie par Jacques Dupont.*

NOTRE CŒUR. *Édition présentée et établie par Marie-Claire Bancquart.*

L'INUTILE BEAUTÉ. *Édition présentée et établie par Claire Brunet.*

YVETTE. *Édition présentée et établie par Louis Forestier.*

CLAIR DE LUNE. *Édition présentée et établie par Marie-Claire Bancquart.*

LA MAIN GAUCHE. *Édition présentée et établie par Marie-Claire Bancquart.*

Composition Interligne.
Impression Société Nouvelle Firmin-Didot
à Mesnil-sur-l'Estrée, le 16 septembre 2002.
Dépôt légal : septembre 2002.
Numéro d'imprimeur : 60831.

ISBN 2-07-040943-0/Imprimé en France.

90364